U0736059

刘汀 著

人生最焦虑的
就是吃些什么

**What to eat,
that is the question**

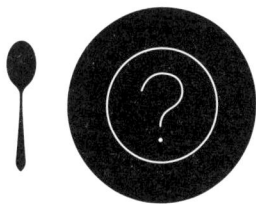

北京出版集团公司
北京十月文艺出版社

献给我吃过的所有食物

你们辛苦了

# 目录

早饭吃什么

# 1

对于一个前销售人员来说，创业并不是一件多么突然的事情；但对于一个在全世界五百强中国工商银行总行上班的白领来说，辞职创业就有点超出常理了。小李子就是这么个突然超出常理的人。他辞职下海，从卖早餐开始，创建了一个资产几千万的小型商业集团，完全起因于一个几年前的偶然事件。

还在中关村附近的那家公司上班时，他跟同事老洪和小刘一样，每天最焦虑的事情就是午饭吃什么。工作日的中午，既是他们的焦虑症集中爆发的时刻，也是他们互相吐槽、倾诉心曲的好时机。在共事的四年多时间里，他们一起吃了上千顿午饭。后来，小李子第一个脱离了三人组织，跳槽到了工商银行，但还不到半年，他就辞职下海了。再后来，老洪不声不响卷了领导一百多万移民新西兰，而小刘则恋爱结婚生孩子，又因为闹出一个诡异的绯闻净身出户，成了单身汉。他们三个在微信群里说得最多的一句话就是：啥时候有空，一起吃个饭啊。但这样的机会一次也没实现过，他们就不停地怀念当年的某一顿午饭——宫保鸡丁盖饭、自助餐、丽华快餐……

每当躺在自己别墅的超大浴缸里时，小李子都对眼下拥有的一切产生虚幻感，他并不是怀疑自己银行里的财富，只是弄不明白，原来那么相似的三个人，怎么就一夜之间变得如此不同？他有点庆幸自己跳槽了，如果不是那次跳槽，他就不可能下海创业，自然也就不可能打下这么大的江山。想到这里，他总会端起旁边的一杯进口红酒，晃一晃，饮上一口。其实他根本尝不出红酒的好坏，更别提什么年份了，他判断事物好坏的唯一标准就是价格，特别是做了几年生意之后，他越来越相信价格是整个世界对商品的判断。

三年前，他刚到中国工商银行总行的综合部，负责帮业务部门收集、整理各种信息。一次偶然的机会，他了解到工行正在开展一项范围很窄的小型信贷业务，后来通过各种渠道做了深入了解。小李子动心了，被当时国家和社会的创业潮流所鼓舞，再加上他谈了三年的女朋友突然出国，更重要的是跳槽后的工作让他痛苦不堪，新单位里人事关系极其复杂，每天各种谣言满天飞，小李子觉得无法忍受，又不愿意回到原来的单位，一狠心就辞掉了工作。

　　在家里躺了一天一夜之后，基于自己对日常生活的经验，他决定从做早餐开始，而且是那种路边摊的早餐：鸡蛋灌饼、煎饼、茶叶蛋、八宝粥、小米粥。对于一个朝九晚五的上班族来说，这些东西太熟悉了，熟悉到了听见就觉得恶心的地步，几乎每个早晨都是在艰难地选择鸡蛋灌饼还是煎饼的痛苦中度过的。但小李子的痛苦和别人略有不同，他在大学的时候，经济状况不好，最大的改善就是在学校的外卖食堂吃一个鸡蛋灌饼，或者一个煎饼，那儿这两样东西做得实在太好吃了，在小李子的胃部形成了鲜明而强烈的记忆。工作后的很长一段时间，他甚至晚饭也专门跑去吃这些东西，但学校的外卖食堂很快关门，被一家合利屋替代，小李子再也吃不到他深爱的食物了。

每天早晨，吃着煎饼和灌饼，他总是默默判断路边的这些早餐和当年的差别到底在哪里，他倒没有矫情地以为当年吃的是青春和情怀，而现在不是，只是纯粹从口味上来考虑。比如灌饼的饼煎得太过了，鸡蛋没有摊匀，火腿肠全是淀粉，再比如煎饼的薄脆不地道，香菜末太大，葱花不是香葱而是大葱，只有小米面，辣酱太咸……反正是吃来吃去，没有一家让他感到满意。

他租住在回龙观，上班要倒两次车，有时候他甚至坐几站看到有卖煎饼或灌饼的，就下去买一个尝尝，第二天再换一站尝，一年下来，他已经吃过沿线所有固定摊位的早餐了。就算出差去了外地，他也经常舍弃酒店里的免费早餐，到各个城市的路边摊去寻找记忆中的食物。但小李子悲哀地发现，自己永远也找不到那种滋味了。

"总有一天，我要自己做出最好吃的灌饼和煎饼。"他不止一次跟自己暗暗发誓。这件事他从未和任何人讲过，甚至连最佳饭友老洪和小刘也没说过，就算他们在决定午饭吃什么和吐槽午饭不好吃的过程中，小李子也时刻小心翼翼怕说漏了嘴。

方向明确了，小李子要开一个早餐摊，做出理想中的灌饼和煎饼来。这个理想听起来实在有点low，因此他完全没敢在群里跟老洪和小刘说。用了一个月的时间，小李子在家里实验了灌饼和煎饼的制作，真干起来并没有想象中的那么多困难，他很快就调出了自己喜欢的口味，当然，还有其他口味。在网上订购的可以做煎饼和灌饼的早餐车到货之后，他就正式出摊了。最开始他在一个地铁口，但卖了一个星期之后发现生意并不好，这地方的早餐摊太多了，而且品种齐全，很少有人专门来吃煎饼或灌饼。那些行色匆匆的上班族，排队挤地铁，然后坐一个多小时地铁去国贸或建国门去上班，吃早餐不过是例行公事，完全没人在乎口味上的精细差异。

小李子很快调整了策略，他把摊位转移到了中关村附近，根据他之前的观察，这儿的早餐摊不太多，而且似乎不太固定，因为这里有不少正规的早餐店，很大一部分人都是进嘉和一品、宏状元、麦当劳之类的店吃早餐的。再者，这儿有好几个中学，学生们比较集中，他们在购买力上很有实力，而且因为叛逆，他们更喜欢路边摊而不是中规中矩的包子或汉堡。

小李子还设计了一个大型的易拉宝，每天早晨用支架支在早餐车旁边，不但有广告语，而且列明了每一种口味和每一种早餐的价格，让人一目了然。生意很快就起来了，而且迎来了大量的回头客，附近的很多上班族和学生每天都会来这里买，小李子用小本本记住了熟客的口味：蓝校服女孩鸡蛋灌饼加鸡蛋，红头发小伙子煎饼不刷酱、绿色领带男不吃香菜……小李子几乎不用他们开口，就能给他们准备好早餐。一个月之后，他已经培养了近两百名常客，每天的营业额直线上升。

因为业务量的提升，小李子不得不雇一个人，是老家的堂妹，初中毕业之后就在餐馆里打工，刷盘子、配菜，但总是跟经理吵架。小李子一个电话把她叫来，一说去北京，堂妹李明霞行李都没带就坐火车来了。明霞来了之后，小李子明显轻松了一些，而且有更多心思去改良工艺和扩大宣传，他不仅调配了新的口味，还增加了微信和支付宝支付。半年后，小李子发现自己的利润达到了十万元，这超出他的预期两倍还多。

敏感的小李子，嗅到了巨大的商机，很快把老家的亲戚都发动了起来，他又复制了三个早餐摊；三个月后，他开了第一家早餐店，后来又开了串吧、麻辣烫摊位，只用了两年的工夫，就拥有了二十几个早餐摊、五家串吧和早餐店、三十多个麻辣烫摊。接下来的发展就更快了，他开放了加盟店，在各大城市都有人加盟他的小吃连锁帝国，每年光加盟费他就能收一千万。

有时候，朋友聚会，问他是怎么成功的，他自己都说不出个所以然来，只能说：我有勇气啊，辞职创业，你们都没这个勇气。似乎也对，但创业失败的海了去了。独自一人的时候，小李子也常会想起这个问题，有那么一些瞬间，他觉得自己的生活有点不真实，说像做梦又夸张了些，和宿醉有点类似，眼前的一切都是真实的，可看上去摸上去老是隔着一层薄薄的什么东西，比最薄的避孕套还薄。

## 2

　　商场得意，情场失意，小李子还是没能跳脱这个俗套。创业的前两年，他是太忙了，忙得完全没时间去谈恋爱，更不用说结婚生孩子了。什么时候有了生理需求，他就去比较熟悉的风月场所解决一下，他还挺满足的，每一次他想找什么样的姑娘，就能有什么样的姑娘。有一个山区来的，叫水仙，稀里糊涂入了这个行业，说自己家里欠了人家五万块钱高利贷，还完了就不做了。小李子知道这种故事大都是编来骗嫖客的，但还是动了恻隐之心，多给了她一千块钱。后来他再去那家找水仙，老板说赚了足够的钱，她真的不做了。小李子还有点遗憾。那天叫的姑娘会几句外语，变着语种地叫喊，小李子还是意兴阑珊。他脑海里总是浮现出水仙说话的样子，他能记起的也就几句话，可就这几句话，像扎了根一样在他心里忘不掉了。水仙说，她的钱是母亲死的时候欠下的，一个夏天的午后，母亲去地里摘豆角，就被一个响雷劈了，送到医院里，抢救了半天，治疗费花了两万多，人还是死了。为了救人，父亲不得已借了高利贷，还不到两年的时间，两万就变成了五万，眼看着越滚越大，她就出来打工了。水仙是一个干脆的人，找了几天活儿，打了几天零工，知道自己靠这个永远还不起高利贷，一狠心下了水，做小姐。长痛不如短痛，她说，把这个包袱清了，我才能过我自己的日子。

这姑娘不是一般人，小李子想着，下身就疲沓了，搞得那个满嘴外国叫床声的姑娘冒出一句普通话来：大哥，你是不是不行啊。小李子不跟她计较，多给了她两百块钱，穿衣服走人。一个插曲而已，小李子想，就好比你哪天去哪个地方，碰到一个路边摊，买了一张煎饼或一碗八宝粥，吃了味道挺好，后来偶尔会想起来。但你再也不可能找到那个地方，也再不可能尝到那一天的味道了。这一点他深有体会。

有一天，小李子开车路过一条胡同，看到有人在卖煎饼，车窗的缝隙里钻进来的味道挺不错的，他就停车，下去买了一张吃。煎饼口感很有嚼头，里面的鸡蛋煎得软嫩合适，薄脆也酥，比小李子自己做的最好水平也差不了多少。小李子就想问问摊主愿不愿意加盟自己的公司，摊位后面的人一抬头，两人都在犹犹豫豫的惊诧中愣住了。那人竟然是水仙，她褪去了在夜店里的浓妆，眉毛有些淡，嘴唇上有一颗黑痣，整个人看起来干净清爽。

李……她犹豫了一下，那个哥字或老板两个字，却没说出来。

水仙，我找了你很久了。小李子的话倒是出来得快，可吓了自己一跳。

找我？水仙被他说得一愣。

哦，也不是找你，是找你的煎饼，你的煎饼做得真好吃。

谢谢。水仙手艺被夸，挺开心的：我再给你做个绿豆面的吧。

小李子连忙摆手，不用，吃饱了，你能不能……收摊，我想跟你商量点事。

水仙有点犹豫，说：这才九点多，早餐能卖到十点多呢。

小李子说，你的损失我赔。

水仙似乎预感到了什么，又是她那种干脆的性格，啪一声把火关了，说：不卖就不卖，也不差这一会儿，当年您多给我的一千块钱，帮了大忙了，我一直不知道怎么感谢您呢。

小李子一听，脸腾的一下红了，他是多付了钱，没想到这姑娘竟然还记着，自己当年可不是平白无故帮她，只不过是一个无耻的嫖客而已。


他们坐到了旁边的一家星巴克咖啡馆里，小李子买了一杯咖啡，水仙要了一杯牛奶，喝了几口东西，都不知该如何开口。

还是水仙忍不住了，问：你到底有什么事？

小李子用纸巾擦了一下鼻子说，鼻炎，老是犯，吃什么药也治不了根，一雾霾就难受。水仙，我以前没和你提过，其实我吧有一家公司，是专门做早餐的。我今天偶然吃了你做的煎饼，味道非常好，我就想邀请你加盟我的公司，这样你的收入至少能翻好几番，而且你也不用亲自出来摆摊，可以转做管理和培训人员，教那些新入行的怎么摊煎饼，或者组织他们进行业务交流。

尽管早有了点心理准备，但小李子的话还是让水仙吃惊不小。

怎么样？小李子接着问。

水仙犹豫着：好是挺好，可我总觉得不踏实，这有点像天上掉馅饼，像一个……

陷阱？小李子接话，我们怎么说也是老相识，而且……说点上不了台面的，你如果觉得我是想害你，你……知道我的底细，你能告我的。

不是不是，水仙明白他说的是两人之间的多次肉体交易，连忙否认，说我还是喜欢自己做，想几点出工就几点出工，想做点什么就做点什么。

难道你一辈子都摊煎饼？我知道收入还可以，可总不能干到老了，还是站在路边摊煎饼，每天挣个三五百的。

我还没想那么远。

还有一个方案，你加盟我这里，我给你配备精良的早餐装备，我还能保证你的势力范围，不受城管的骚扰，你只要在餐车上打上我的logo，偶尔帮我培训一下人员就行了，我每个月给你五千块钱的保底费，其他赚的全算你的。

水仙被这个方案打动了，但她还是有点下不了决心，总觉得条件过于好，似乎是自己又借了一笔没有明确利息和还款期限的高利贷，而且对方要的可能不是钱。不是钱是什么？自己什么都没有，只不过是一个早餐摊小贩，更何况自己的身体对他来说也毫不新鲜，以他的身价也不可能图这个。她想不明白，索性不想了，干一段时间再说，大不了到时候不做，把钱退给他。

水仙点了点头。

小李子高兴坏了，立马就掏出电话来，打给秘书，让她准备一份合同。

一周后，水仙就用上了设备齐全、精良的早餐摊，有煤气炉、铁板烧、粥锅，还有放各种调料的地方，甚至连自己用的水杯，都专门焊了一个小铁环挂着。水仙也有了那种不真实的感觉，像一个开拖拉机的人，猛然间驾驶宝马了，能挂挡，也能打方向盘，可总是觉得轮子不把地，像开在水面上。这天早晨，有三个煎饼摊煳了，水仙对自己有点生气，赔给人家三个，还都多加了鸡蛋。等到买早餐的人排起队伍，忙乱起来，一切不适感都消失了，她手脚麻利，效率很高。到十点半的时候，人开始零零落落，她也才有空喘口气，数了数钱，发现比平时多了五百多。今天不是什么重大节日之类的，营业额怎么这么高呢？水仙搞不明白，就不去想这个事了，她拿起水杯，喝了一大口水。

给我来个绿豆面煎饼。小李子的声音响起来。

李总，水仙连忙放下水杯。

小李子装作很不耐烦，李总什么啊李总，还是叫我李哥。

您是老总。自从确定了合作关系，水仙就叫小李子李总，不管他怎么反对都没用。

行吧行吧，煎饼，多加个鸡蛋。

您别逗了，您还真吃啊。

当然是真的，我这是检查工作，调研早餐质量。

行，我给您做。

水仙给他做了个煎饼，小李子抱着吃了几口，哟，有改进啊？

水仙一笑，李总您可真是专业，今天的绿豆面，我加了点蔬菜汁，吃起来有黄瓜的清香味。

小李子三两口吃完，说我得奖励你，你这思路太好了，推广推广。不瞒你说啊，为了工作，我每天早餐不是灌饼就是煎饼，吃得我一闻这个味道就要吐了，可你这个真好吃。

水仙笑了，我现在知道您为啥赚大钱了，李总，原来您每天都到公司的各个摊位去尝早餐，推广好经验，改良不好的，合该着您赚大钱。

小李子掏出两大盒巧克力，递给水仙。

给我的？

英国货，我看了你的体检报告，你血糖有点低，干这活儿整天站着，有时候一个多小时喝不到一口水，血糖低的时候吃一颗，很快就缓解。

谢谢李总，这……

我这是为了公司的业务考虑，我可得把你用足了，行了，我约了人打球，得走了，有什么事给我打电话。

水仙接过巧克力，看着他的奔驰车缓缓驶去。

她打开一盒巧克力，拿出一颗，刚一咬破，一股带着酒味的甜汁液就灌进嘴里，她知道这是酒心巧克力，她最喜欢吃的。她不太喝酒，唯一能感受到酒的就是这种巧克力。她不知道自己是真的血糖开始降低，还是外国的酒比中国的度数高，那种带着轻薄眩晕的感觉快速袭来。

## 3

这一年他不怎么亲自打理业务，时间空闲得很，每周都跑高尔夫球场去打高尔夫，假装自己是一个上层人士。其实他并不是真的喜欢这项运动，而是有时候得陪生意伙伴玩，游艇啊什么的他更不喜欢，选择高尔夫，完全是因为小时候家乡流行一种土高尔夫，名字叫放猪。就是几个孩子，在一块空场上挖五个小坑，四个角各一个，中间一个；每人拎一个树根做的榔头，把一个树疙瘩从这个坑打到那个坑里。规则要更复杂些，他已经记不清了，只是后来才弄明白，放猪模仿的其实也不是高尔夫，而是小孩弹玻璃球和在乡镇流行过一段时间的门球结合起来的玩法。

小李子小时候放猪玩得特别好，他总能准确击中树疙瘩，同时把别人的挤走。有一年冬天，他赢的树疙瘩有二十多个，只是后来被他爸给生炉子了，他还为此哭了一鼻子。因此在打高尔夫的时候，他总觉得自己其实是在重复儿时的游戏，动作难看，但常常出人意料地打出不错的球来，让那些跟他一起玩球的老板愤愤不已，他们自己动作标准漂亮，可就是打不好球。

他在高尔夫球场遇见过一个二十岁左右的女球童，是体育学院艺术体操专业的实习生，长得漂亮，有一种非常吸引人的健康的运动美。小李子想这女孩很不错，可以考虑正式交往，但别看人家只是个球童，在高档的高尔夫球场，什么样的好男人没见过，不可能轻易被他拿下。小李子约她吃饭泡吧，她都爽快赴约，但总是在关键时刻的临门一球上不让小李子得手，像一只游戏老鼠的猫，很会拿捏尺度。

小李子还是每周到水仙的早餐摊去吃一次煎饼，或者灌饼，水仙总在不停地改良手艺和做法，小李子觉得好的就推广下去。几个月的工夫，他从财务报表上已经能看出早餐这一块增长得特别快，其实不用看报表也知道。每天他开着车路过自己势力范围内的早餐摊时，排队的人明显增多了。小李子还花钱请了很多自以为很文艺的大学生，在各个高校的论坛上发一些软帖：

北京不得不吃的十大早餐、必须带你心爱的人去吃的煎饼、一份麻辣十年爱，效果也很明显。现在的年轻人喜欢这种，文案病毒一样繁殖蔓延，很快就成了一种小规模的时尚，有一个早餐摊甚至被一些民谣歌手写到歌里去了。

中秋节那天，小李子等着水仙收了摊，请她去吃海底捞火锅。之所以去海底捞，小李子说是因为那儿的服务好，咱们整天服务别人，得让别人也好好给服务服务。

火锅当然吃得热烈而满足，两人现在有点无话不谈的意思了。小李子说，他在追那个体育系的女孩，该送的礼物送了，该买的东西买了，可那姑娘始终保持着距离，让水仙给他出主意。水仙就说，女孩子的心思大同小异，肯定是觉得你们这种有钱男人不靠谱，不值得付出真心。小李子就反驳，什么叫有钱男人不靠谱啊，这都是一竿子打翻一船人。哼，你的底细我清楚得很，水仙说。哼，你的底细我也清楚得很，小李子也不示弱。两人就不免相视哈哈大笑。他们渐渐发现，只有他们两个的时候，才不需要任何伪装，反正她下水当小姐他当嫖客这种最私密的事都不是障碍了，没有什么可防备的。他们成了真正的朋友，还不止，朋友似乎也没有这么放肆，两个人有点知己的感觉了。

小李子跟水仙开玩笑，说你是不是一直忘不掉我，知道我会从那条路经过，所以摆了个早餐摊，苦苦守候啊。水仙也开玩笑，我看你是开车走遍了北京的大街小巷，就为了找到我，吃我做的煎饼吧？怎么，玩出感情了啊？

然后火锅里的浓汤沸腾了，热气腾腾，他们看着彼此，瞬间有点恍惚。水仙夹了一筷子羊肉，放到小李子的碗里，说：多吃点吧，秋天吃羊肉好。小李子不说话，默默把羊肉吃掉。

吃完火锅，水仙说我不能欠你的，我请你做SPA。小李子翻白眼，我一个大老爷们，做什么SPA啊。水仙说，你不想追上体育女生了啊？我有秘诀。

两人就去了SPA店，躺在水床上，两个小姑娘戴着口罩，给他们的脸上去黑头，给他们做精油推背，给他们捏脚。帮水仙做的那个小姑娘说，姐你真有福气，嫁给哥这么好的男人，来陪你做SPA。水仙说，得了吧，嫁给他多倒霉啊，我跟他可不是两口子。

你嫁我也得娶，一个卖煎饼的，赶紧的，秘诀是啥？小李子当然不示弱，他们已经习惯了这种说话方式。

水仙说我这正享受着呢，一会儿再说。

过了一会儿，小李子说，水仙，有个正事，你不想欠我的，我也不想欠你的，自从你加入公司，我们的业务涨得非常快，这里面有你的功劳，我每个月只给你五千块钱不合适，主要是你创新的那些东西，我得给你技术股。

你给多少？

小李子说，我也不让财务去核算了，早餐营业额的1%，还有就是我已经让人力部门把你的五险一金都交上了，你以后肯定得买房买车，这些得有。

水仙咬了咬嘴唇，说：合着又成我欠你的了。

小李子说，没有，提成是你应得的，交保险什么的是我这个老板该做的，不存在谁欠谁。

直到做完SPA，两人就没再说话，小李子也没再问所谓的秘诀。他当然知道，能有什么秘诀，从体育女孩的表现来看，她不是一个省油的灯，真洁身自好，自己送她的那些名牌包她就收了，不但收了，有时候还专门提出来要什么，明显就是吊自己胃口的。对这样的女孩，干脆才是王道，像水仙那样干脆。

## 4

圣诞节那天，小李子带着体育女孩去滑雪，玩得挺嗨挺开心。晚上住在了雪场的酒店里，一个套间，女孩想让小李子住卧室，自己睡在客厅的沙发上。小李子说，咱就都别装了，再这么装下去就没意思了。女孩愣一下说，有红酒吗？小李子让客房服务员送来一瓶红酒，两人喝了，那点遮掩就全没了。眼看好事要成，姑娘已经脱光了躺在了床上，小李子发现自己竟然不行了。这有点出乎他的意料，自己去年体检没毛病啊，才三十几岁，怎么就不行了呢？这时候，女孩比他还着急，用尽各种方式来帮助他，最后起来的那个小东西像是喝醉了酒，东倒西歪，根本做不了事。女孩有点羞恼，说整天着急忙慌的，关键时刻掉链子。小李子自知理亏，不好反驳，就说可能是今天滑雪摔到腰了。

两人各自睡去，睡到四点多小李子就醒了，他是在沙发上睡的。窗帘漏了个缝，外面有一种凛冽的光透进来，那是雪地特有的光，带着苍山的冷意。他打了个哆嗦，接着打了个喷嚏，赶紧烧了一杯开水喝。拿出手机来，给水仙发微信：是不是准备出摊了？过了好一会儿，收到了水仙的回答：马上出门，你这不会是鏖战了一夜吧？

小李子又发：下午陪我去趟医院好不？

很快水仙回复了：怎么了？摔伤了？

小李子说：难言之隐，回去说。

水仙说：好吧，我到了，先干活。

小李子摁灭手机，突然发现有点不对劲，到里屋一看，体育女孩已经走掉了。床上留了张字条：李哥，我下个月出国留学了，我们应该不会再见了，保重。

小李子倒在了那张见证了他的失败和羞愧的大床上，他有一种还在滑雪的感觉，一会儿超重一会儿失重，无数座雪丘翻越过去了，眼前是苍茫而又耀眼的白色。一种微冷的孤独从骨头缝里渗出来，漫溢在床上，又沿着门缝窗户缝流淌到了酒店的走廊、大厅，继而是院子，然后是京郊那一大片人工雪场。这种孤独让温度稍微下降了一点，那些雪有轻微的冰化倾向，但仍然是雪。

他又睡着了，这一次是被憋醒的，他两个鼻孔都鼻塞。感冒了，喝再多的热水也阻止不了感冒了，他去附近的药店买了一盒同仁堂的感冒清热颗粒，一口气吃了两包，然后去开车。驾驶室里冷如冰窖，开了好半天暖风，温度才上来，回城的一路都昏沉沉的，也可能是药物作用。手机扔在了副驾驶的座位上，一直在振动，但他都没听见。

水仙给他打了十个电话，都没人接，不知道他出了什么事，早早收了摊，可又无处去找他。后来，她打秘书电话，秘书说也联系不上他，但告诉了她小李子家的地址。水仙到了小李子家的别墅区，大门紧锁，显然还没有回来，她就只好站在门口跺着脚等，隔一会儿就打一个电话。

她不知道自己为何这么着急。前天晚上，小李子给她发微信，说第二天跟体育女孩去滑雪。明天我一定会把她搞定，他在微信中说。那时候，她正在家里数第二天要用的鸡蛋，不小心就捏破了一个，黏糊糊的鸡蛋液满手都是，她去摸手机，结果弄了一手机，又赶紧找纸巾去擦，纸巾又粘在了手机上。费了好大劲，才把手机上的碎纸屑清理干净，他的微信来了好几条。祝你好运，心想事成，她回了一条。

吃醋了？

狗屁，我忙着备料呢。

别死不承认。

她没再回他，心里有点生气，你去泡妞就泡妞吧，老告诉我干吗呀。我又不是你老婆。转念又一想，她开始生自己的气，你也是，怎么就那么贱呢，非得搭理他。想着想着，蔬菜汁从榨汁机里飞出来，溅得到处都是，她忘了盖榨汁机的盖子。榨汁机还在疯狂地叫着，绿色的菠菜汁不停地溅到半空中，像是动画片里绿色的怪兽被砍了一刀。她大喊一声，关掉了榨汁机，用手抹了一把脸，发现脸上是湿漉漉的，她以为是菠菜汁，可并没有颜色。她不太想承认，但又不得不承认，脸上是眼泪。

你是一个可笑的人，她跟自己说，真可笑，为一个嫖过你的人哭。好在她生来就有的那种干脆还很强悍，很快就止住了眼泪，并且重新榨菠菜汁，备料。明天那些吃早餐的人才不管这些呢，对他们来说，煎饼里放不放香菜、刷不刷酱、打几个鸡蛋，才是最重要的事。

就快绝望的时候，她看见他的车缓慢地出现在路口，也看见了驾驶室里摇摇晃晃的他。她冲过去，使劲地拍打车门，他一抬头看见了水仙，笑了一下，脑袋就栽在了方向盘上，汽车开始尖厉地鸣起笛来。她费了好大劲，才把他挪到副驾驶那里，自己坐到了驾驶室，然后打火、挂挡，把车开了出去。她忘了自己还没拿到驾照，刚开始学实际道路操作，但是一路上，她像个老司机那样开得平稳顺当，直到撞在医院门口的石狮子上。

医生检查了一番，只是重感冒而已。打上点滴，她陪在他旁边。输液室里到处都是挂着吊瓶的人，不一会儿，医院保卫处找上门来，处理车撞了石狮子的事。怎么都行，她说，赔多少钱都可以。好在医院也想息事宁人，让他们赔了五千块钱了事。

下午三点的时候，小李子已经好转，烧退了，还有一些感冒症状，流鼻涕，偶尔咳嗽。

我还得挂个号，他说。

怎么了，你还有哪儿不舒服？

你去帮我挂个男科。他说着，把医保卡掏给她，最好是专家号，挂特需。

男科？她一时没明白怎么回事，拿着医保卡就去了，等拿着三百块钱的特需号回来，才反应过来，心里突然一喜。

她带着讥笑把挂号条给他，说：功败垂成？

妈的，功亏一篑。

哼，你这是赔了夫人又折兵，还饶上一个感冒呢。

我也是命大，迷迷糊糊开车竟然没出事，刚才坐你这个没拿证的人开的车也没出事。

不是不报时候未到。她发现自己真的开始高兴起来，说，想吃什么，我去买点吃的。

我最想吃你做的煎饼。

对不起，收摊了，对面有宏状元粥店，买点粥吧。

他点点头。

看着她的身影下楼，他也感到自己高兴了起来，在雪场所遭遇到的那种雪一样的孤独感消失得无影无踪，身体是暖洋洋的。

　　快下班的时候，才排到他，大夫开了单子，他交费之后，又回到诊疗室。那个五十多岁的医生用手在他的阴茎、睾丸、阴囊附近摸了又摸，不时地嗯啊着，好像摸到了确凿的病症。结果告诉小李子，目前没有摸出任何问题，估计得做一个全面的体检才知道到底哪儿出毛病了。

　　从医院出来，那辆车已经被公司的司机开走，两人走到那个被撞破了鼻子的石狮子那里。对不起了老兄，他摸着石狮子的鼻子说。水仙扑哧乐了，你还挺幽默。他也笑了，这是从昨天到现在，他唯一轻松的时刻。

　　路上，他们没再谈论任何事。到了家里，他感到困倦，就躺下睡了。她坐在床边，看着他睡着，给他盖好被子，便悄无声息地离开了这里。

　　5

　　之后的半个月，他们都没见面，只是通过微信联系。小李子的感冒在一个星期后才彻底痊愈，他又去了一次医院，做了全面的身体检查，没发现什么大毛病，特别是腰肾前列腺和整个生殖系统，都正常得很。小李子想，可能还是自己的精神问题，这些年每一次性生活，都是在荒唐的场所里，喝多了酒，跟那些姑娘逢场作戏。如今一旦让他正正经经地做爱，反倒不行了，就像放了太多盗版磁带的录音机，偶尔遇上个正版的，竟然无法出声。为了验证自己的想法，他又去曾经去过的一个夜场里找了个姑娘，果然，在夜总会晦暗暧昧的灯光中，在那个女孩的淫声浪语里，他的欲望之火很快就被点燃，而且很持久才熄灭。他觉得自己有点报复性地在干这个说话有东北口音的姑娘，仿佛自己跟那个体育学院女孩的尴尬，都是她造成的。也可能是她叫床声里的东北口音刺激了他，特别是她的口头禅，哎呀妈呀，他让她爽到了，而她爽到的表现就是不停地喊哎呀妈呀，哎呀妈呀。

从夜总会出来，小李子一身轻松，确认自己这是个心理问题，便觉得整个世界都开阔了，犹如笼罩北京一周的雾霾突然被一阵狂风吹散，露出了人人渴望的蓝天。他开着奔驰车，飞驰在凌晨的三环路上，想着怎么营造一个夜总会一样的环境，然后跟艺术体操女孩破除这个心理魔咒。他后来调查了一下，女孩根本没有出国，只不过为了让他死心，撒了个谎而已。突然看见前面的警示灯，显示正在修路，他恍然想起手机软件上推送的消息，三环路这两个月夜间都在维修，他本能地打了一下方向盘，可是右脚竟然也同时踩了一下油门，汽车直接从三环上飞了出去。从飞出三环路到落地大概有三秒钟，小李子看见对面一栋楼的一扇窗子里，有人正在跑步机上拼命地跑着步，还有一家淡蓝色的窗帘透出一个女孩的剪影，接着就是巨响和摇晃，像坠入一个巨大的洗衣桶里天旋地转。

他还是没能躲过这起车祸。

不是不报时候未到。他昏过去之前，脑子里响起了水仙的那句玩笑话。


小李子睁开眼看见的第一个人影是水仙，她正百无聊赖地盯着输液瓶里缓慢滴答的液体，眼睛有些肿，但也看不出多少悲痛的表情。小李子是一点一点地感觉到自己的整个身体的，先是脖子，然后是腿，接着是手臂，再接着是胸、背，因为它们一个挨一个地疼了起来。他忍不住哼起来，水仙立刻缓过神，惊喜地说：你醒了，你可算醒了。这时候，小李子竟然想，那天晚上淡蓝色窗帘里的身影和水仙有点像。我是不是完了，你告诉我。小李子想这么严重的车祸，自己很可能残废了。问完这句话，他发现自己的口音有点问题，嘴里的每个字都好像在地下隧道里，空洞洞的。他的舌头也恢复了知觉，一旋，发现自己的嘴里只剩下几颗牙了，其他的只有疼痛而肿胀的牙龈。

哼，水仙说，我倒是希望你完了。放心吧，死不了。

我不是怕死，我怕自己成了残废，我可不想在床上躺一辈子。

水仙端来一个杯子，杯子里插着吸管，送到他嘴边。小李子立刻觉得自己特别渴，就伸过去喝水，但水仙只让他喝了一小口，说医生交代了，他现在的消化系统也有伤，不能多喝。

水仙把杯子放下，说：那你完了，彻底残废了，只能一辈子躺在床上拉屎撒尿，比植物人好点。

小李子一下子激动起来，似乎想挣扎着拒绝自己最不希望的结局，结果全身开始剧烈地疼痛。他看见水仙的嘴角有一丝得意而嘲讽的笑，忽然间想起，自己既然能感觉到全身都疼，那就说明全身的神经系统都是正常的，顶多是外伤，不可能成为残废。他不由自主地笑了起来。

水仙看到了他的笑，知道自己的话被识破了。

水仙，我想吃你做的灌饼。小李子吧嗒着干裂的嘴唇说。

医生说了，你现在只能喝粥。

小李子还是不适应自己嘴里说话跑风的感觉，好像那些字眼在四处逃逸，不受他的声带和舌头控制。

鸡蛋灌饼……他尽量只用喉部来嘟囔。

水仙说，别提了，为了照顾你，我耽误了多少活儿，你得给我补偿。

小李子看着水仙，问：那个女孩有没有来看过我？

来过。水仙的脸上，又浮现出那一丝带着嘲讽的表情。

小李子说，还算她有良心。

不过你别高兴得太早，她看见你血肉模糊的样子，特别是医生告诉她，你以后再也不可能是个正常男人了，她就哭着跑了。

啥意思，什么叫再也不可能是正常男人了？

这还用我明说？告诉你吧，你从三环路上飞出去，落在一辆车上，全身都受了伤，但都不算严重，唯一严重的就是……就是你裤裆里的玩意，医生花了十个小时才缝合好，以后就只是个摆设了。

小李子立刻大惊失色：那……那我还不如死了呢。

喊，就为这个死？行，你赶紧写一个遗嘱，把财产都留给我，然后随便死，咋死都行。

小李子蓦然间感到下体一阵疼痛，他浑身冒汗，大喊了一声，又昏了过去。

水仙吓一跳，赶紧按铃叫护士，护士看了下说没事，监视器显示他的心跳和血压都正常，如果太疼了，就加大一点止痛泵的药量。

水仙用纸巾给小李子擦去脸上的汗，发现他的脖子和其他地方也是一层细汗，她就逐一给他擦，一直擦到下半身。解开松松垮垮的病号裤子，她看见了他那个被重新接上的物件，肿胀着，像一段海肠，比海肠还要丑，缝线的地方更是如此。她把他裆部的汗擦掉，忍不住用手去摸了摸那段海肠，这东西有一种不同的灼热。水仙不是没碰过他的这东西，但从没有像现在这样觉得它如此可怜，如此委屈，一辈子不见天光，现在又遭受重创。她忽然有一种想法，这段海肠就是小李子，跟他是同样的命运。

因为疼痛，小李子并没有感觉出水仙的手在他下体停留了过多的时间，他一直在哎呀，一边叫唤一边清醒，腰没事，腿没事，脚没事，神经系统都正常，看来唯一伤得严重的就是裤裆。他的车撞上别的车的时候，裤裆正好对着了挡位的操纵杆，就这个东西，把他的那玩意给戳掉了。止痛药有小剂量的安眠药，特别是水仙给他擦拭了一遍，他感到了一点难得的舒适，就慢慢睡着了。

看着小李子睡了，水仙跟护士交代了一下，就出了医院，她记着小李子说想吃她做的灌饼，虽然医生还不让他多吃东西，但这件事在她心里扎了根，她得给他做。

水仙回到家里，和面，打鸡蛋，摊饼，做了一个不满意，做了一个又不满意，一直到第三十个，她才觉得可以了。她又做了一锅汤，用保温盒装了，带着两张饼，骑着电动车去医院。


这时候是傍晚，空气很好，显得天空洁净，虽然医院门口一如既往的车水马龙，汽车鸣笛的声音像热粥锅里的气泡，但微风拂过水仙脸上的绒毛，她还是感觉到一种舒服和快乐。她一路上都在琢磨着，怎么能把饭瞒着护士带进去，让小李子尝尝鸡蛋灌饼。

小李子刚刚睡醒，也透过窗子看到了外面带着些微金色的黄昏天空，他做梦了。但让他没想到的是，他梦见的既不是那个女孩，也不是水仙，而是自己的老同事老洪和小刘。他们三个从原单位走出来，沿着中关村大街一路遇见饭店就进，可是没有一家饭馆的饭菜是合口的，到后来，老洪提议去吃西餐，而小刘接了一个电话，急匆匆地走掉了。再后来就是小李子一个人站在立交桥上，耳边是汽车轮胎摩擦柏油路的声音和发动机声，他发现自己竟然没有重量，是飘在天桥上的，然后又看见了窗口里的身影，这一回，他确定那个身影就是水仙的。

小李子醒来后回忆这个梦的每个细节，就在这时候，水仙轻手轻脚地进了病房。她以为他还在睡，就小心地把东西放在桌子上，把灌饼一点点掰碎，泡在鸡蛋汤里。突然身后一声响亮的放屁声，吓了水仙一跳，一回头看见小李子正看着自己，咧着嘴，但嘴里掉落牙齿的地方看起来很滑稽。

臭死了，水仙说。

小李子说，做完手术，一直没排气，现在总算舒服了。其实是他看见水仙拿来的饭菜，食欲被激发，唾液分泌，胃部开始蠕动，才导致排气的。

水仙把泡得软烂的饼就着鸡蛋汤喂给小李子，小李子没法做比较结实的咀嚼，随便嚼了几下就咽了下去。吃了五六勺，他还想吃，但水仙却果断地把东西收起来。

不能再吃了，你的胃会受不了的。

## 6

半年后，小李子才彻底摆脱医院，他没想到，这么多病痛中，最麻烦的却是种牙。幸好他有钱，做了满嘴的进口牙，一颗就得一万多，一张嘴就是几十万。刚刚做好全套牙的时候，小李子很不适应，老觉得嘴里的东西嚼不碎，吃起来没味道，但后来也就习惯了。

有一天，水仙帮他收拾东西，看到小李子在口腔医院的药费单子，愣了半天没说话。小李子再让她给做东西吃的时候，水仙就没好气地说：哼，你满嘴金牙，干吗吃我做的这些东西，应该吃鲍鱼海参。小李子说，鲍鱼海参有什么可吃的，我就喜欢你做的小吃，特别是灌饼。

你喜欢吃，我还不喜欢做呢。水仙没想明白，一颗牙怎么会这么贵，生活在这样的大城市，房价贵也就算了，地方就那么大，人这么多，房子值钱好理解，但为什么一颗牙就一万多啊？这一刻，水仙还是感觉到了一点差距，小李子是个有钱人，而自己不过是一个街头卖早餐的小摊贩，虽然小李子之前也不过就是个小白领，但现在不一样了。在这段时间，水仙和小李子已经形成了默契，甚至在开玩笑的时候，或者别人不经意的时候，会把他们当成夫妻。时间一长，他们自己也有了点老夫老妻的意思。水仙想，也许这个男人就是自己等的人，虽然不知道他那条海肠还行不行，但这不重要。

水仙还是给小李子做了晚饭，羊肉芹菜馅的饺子。小李子有那么多烤串店，每个店里的羊肉都是不一样的，有的是正经内蒙新疆运来的好羊肉，有的是批发的冷冻肉，有的还是别的肉涂了羊油冒充的。为了吃这顿饺子，小李子特意跑到一家店里，盯着他们杀了一只羊。

看着案板上新鲜得还冒着温热气体的羊肉，水仙又一次想起自己和小李子的差距了。她狠命地剁着羊肉，但那团肉泥是永远也不可能彻底被刀分开的，再锋利的刀也不行。水仙一甩头，不想了，这本来就不该是自己想的事。

小李子又一次被水仙的羊肉水饺征服了。他一边吃，一边嚼着大蒜，嘴里大喊：我得再开一家饺子店，水仙，你别卖早餐了，改卖饺子，不对，开一家店，都卖，这个太香了。

水仙给他剥蒜，说：反正就是我一辈子都给你李老板打工呗。

小李子摆摆手，这次你是合伙人，我出资金，你出技术和管理。你不知道，我在医院这段时间，每天没什么事，就琢磨着这个早餐摊、烤串店，也就现在这样了，市场就那么大，竞争很多，谁都能骑个三轮摆摊，前景有限。我这公司要靠这个，三两年就完了，我得想办法做点其他的，你这个饺子不错。我很想开一家特色小吃，餐厅很大，分南方北方，而且必须做到口味纯正。

行了行了，水仙说，跟我说不着，我也不跟你合伙，我……要回老家了。

小李子被噎了一下，好不容易咽下去大蒜头，可嘴里还是辣得厉害，赶紧喝了一大口水。

你要回老家？为什么？

我回去结婚。

小李子听了，嘴里更觉得辣，只好再喝一大口水：别逗了。

我家里有个娃娃亲，当年定的时候说好的，满二十五岁，就结婚。

这都什么年月了，相亲都成电视节目了，你这还娃娃亲？小李子觉得不可思议，继续说，水仙，你有什么想法就说，咱们商量，这个借口太烂了。

是真的，水仙说。

水仙告诉小李子，她小时候，体弱多病，可是家里穷困，没钱给她治病，是王善武家的老中医爷爷，用草药救活她一条命。她跟王善武玩得很好，两家人就定了娃娃亲，说等两个孩子长大了，到了二十五岁就结婚。

小李子说，你是不是烂俗电视剧看多了啊，编得还挺周全的。

水仙说，是，我们也都当是老人们当时的一句玩笑话，没当回事。但后来王善武出了事，他在小砖窑干活，码砖的时候从砖垛上掉了下来，两条腿摔断了，耽误了治疗，成了瘫痪。他家里为了给他治腿，花了个底儿掉。

小李子插嘴，不就是钱嘛，我给他。

水仙摇头，说，不光是钱的事。就你住院那段时

41

间，老家来信，王善武的爷爷病了，不行了，老爷子唯一的遗憾就是孙子的腿，腿是不可能治好了，因为残疾也娶不了媳妇。

那也不能就让你嫁给他啊。

没人让我嫁给他，是我想照顾他。

小李子心头郁闷，使劲一拍桌子，说：这都叫什么事啊，愚不可及，你，愚不可及。

水仙有点生气，说，李总，我们乡下的事情，你不懂。

小李子看着水仙，心里想自己为什么这么在乎她要回去结婚，肯定不只是生意上的考虑，还有……他看着水仙在收拾碗筷，忽然间觉得这个场景无比熟悉，倒不是说自己曾经经历过，而像是自己无意识中期待的东西。这是一个家的感觉，水仙像他的家里人。他忘记了从哪本书里看到的话，说婚姻就是从喜欢一个人，变成习惯一个人，他已经习惯了水仙，习惯了她所构成的一切，现在，她要离开，他的生活必然坍塌，很难在短时间内重新建起来。更何况，他刚刚经历了这次车祸，躺在医院的这段时间里，为了抵抗伤口的疼痛、麻痒，他努力让自己去想很多事情。

想的结果是，赚钱还是重要的，但过日子同样重要，就像那些大人物，马云马化腾这些商业大佬，吃早饭同样是很重要的事情。他有点明白自己的心思了，既想让水仙一直陪在自己身边，可又不想正儿八经地娶了她。既然如此，自己有什么理由阻止她回去呢？

水仙收拾完东西就走了，小李子忽然想起一件事，这阵子都跟满嘴烤瓷牙做斗争，忘了一个更重要的问题——自己的那个东西，到底还行不行？他在家里书房翻箱倒柜，终于找出多年前朋友从日本带回来的几张光盘，里面是日本产的A片。他刚创业那段时间，没钱，也不愿意去不干净的洗头房，就看片子用双手来解决性问题。

电脑里的日本女优夸张地叫着，赤裸的身体和私处并没有让他勃起，反而起了另一种生理反应，他感到恶心。因为看见女优的私处，像极了自己店里化冻的牛羊肉，他脑海里浮现出一冰柜又一冰柜的冻肉融化后的样子，似乎闻到了强烈的腐朽的气息，一阵反胃。

小李子有点绝望，可能自己真的成了一个有阴茎的太监了，这个被重新缝补上去的东西，只能用来排尿，再也不能让他体验作为一个男人的快乐了。他连电脑都没关，就冲出了屋子，打了一辆出租车，嘴里直接蹦出的目的地是水仙的出租房。

车到了地方，他又是急冲冲地跑去敲水仙的门。水仙开门看见他，有点吃惊，还没等水仙问他有什么事，他就扑上去撕扯水仙的衣服。水仙一开始有点不知所措，但很快反应过来，开始挣扎，她毕竟是常年干活的人，手上力气不差，小李子根本无法制服她，两个人变成了势均力敌的撕扯。但在撕扯中，水仙的衣服还是一件一件地从身上落下，露出了粉色的内衣，小李子一头埋在她的两个并不大的乳房中间，失声痛哭。水仙也累了，不再挣扎，只是双手打着他的脊背，嘴里骂着流氓、疯子。水仙手上的动作越来越慢，渐渐成了轻轻拍打，甚至成了抚摸。

我完了，小李子哭着说，我彻底完了，水仙，你得救救我。

水仙说，你让我先穿上衣服。

不，小李子抬起头，你别穿，你脱掉它好不好？

你脱了，我就想最后试一下自己到底还能不能行，我求你了。

水仙没说话，她的手从小李子的背上滑落。

小李子开始解她的内衣，继而是内裤，水仙赤裸裸地站在他面前了。这具身体，他此前曾不止一次地触碰，不止一次地一看见就有反应，但是现在他感觉自己看见的并不是一个女人的裸体，而是一个穿着肉体的灵魂。这个女灵魂躲在肉体里，还在做着鸡蛋灌饼，还在吆喝着卖早餐。

小李子苦笑了一下，然后帮水仙穿衣服，刚才脱掉的衣服，又一件件穿上了。

后来，他们一起坐到了小区旁边的粥店里。

水仙要了皮蛋瘦肉粥，小李子要了百合莲子粥，还有水晶虾饺和小笼包，两个人无声地慢慢地吃。他们心里都清楚，这就是他们的告别仪式了。小李子终于打破沉默，说：水仙，你一定要回去，那就回去吧，我把你该得的钱都一次性打给你。

水仙说，嗯。

小李子说，以后有什么事需要我的，你就给我打电话。我知道你那个娃娃亲是假的。

水仙说，嗯。

小李子说，回去过日子，挺好，我其实挺羡慕你。

水仙说，嗯。

他们走出粥店的时候，夜色已经很浓了，虽然有万家灯火和汽车灯、路灯在照着，但夜晚毕竟是夜晚，黑色的阴影处处都在。他们站在水仙租住的房子门口，水仙掏出电子钥匙开门，但那门的电子锁始终打不开，只是一个劲儿地叫着：欢迎光临，欢迎光临……直到有人从里面出来，水仙才走进去，然后隔着门缝看了看小李子，笑了一下，关上了门。

小李子忽然觉得身上有点冷，他想可能是降温了，天是阴沉的，似乎是一滴雨掉在脸上，也可能是楼上空调的水。

他转身离开，一辆车快速地和他擦身而过。

午饭吃什么

我关了电脑，边往外走边扯着嗓子吼：老洪，吃饭啦！

老洪没回答，我知道他肯定又戴着耳机在网上看《康熙来了》。这个刚满四十岁的中年男人，和所有这个年龄段的男人一样，身体发福，啤酒肚始终让他老婆在给他买裤子时唏嘘很久。他白天唯一的娱乐，就是一遍又一遍地看台湾的综艺节目《康熙来了》，而且时时发出嘿嘿嘿嘿的笑声，有几次刚好被领导听见，还以为他在干什么见不得人的事。

我走进老洪的办公室，看到他果然戴着大耳机，因为到了午饭时间，他的嘿嘿嘿嘿就笑得很放肆，很有一种自由自在的感觉。我走到他工位旁，往电脑屏幕上一瞅，吃了一惊，那上面显示的竟然不是小S和蔡康永的

49

脸，而是一摞QQ对话框，再细看对话框里的文字，说的竟然都是工作内容：报账，总结，开会，写材料……

我一把扯下他的耳机：吃饭了，你丫傻乐什么呢？

老洪看了一眼墙上的钟：又吃饭了？我这活儿还没干完呢。

老洪，你学坏了，一到饭点儿你就忙。

胡说八道，你没看我忙得恨不得用脚打字了。老洪很不满，还伸手过来抢耳机。

我冷笑一下。骗得了领导，还瞒得过我？我说呢，这段时间一到午饭时间你就巨忙，忙得废寝忘食，汗流浃背，满屏的QQ对话框有个屁用，你也不看看连最晚的聊天记录都是十点半的了，忙个屁。

老洪笑了，你小点儿声，走吧，咱们去吃饭。

吃什么？我习惯性地问他。

老洪想了想，反问了一句：吃什么？我正要说话，老洪却突然吼了起来：我哪知道吃什么，不是你叫我吃饭吗？靠，你说吃什么？

我很吃惊，想不明白老洪怎么会被这个最常见的问题激怒，以前我这么问的时候，老洪总能给出一个答案。我想了想，老洪发脾气也不是多意外的事。我知道老洪最近心情不好，家里老婆和他闹，据说是因为他十五年前上大学时见女网友的事；单位里上周又让领导点名批评了，老洪手写了三千多字的检查；而更严重的是前一段时间体检，老洪的前列腺出了点问题。谁都知道，对中年末路即将奔向老年的男人来说，前列腺的战斗就是前线的战斗，这是关系到生死存亡的大事。这事本来是老洪个人的秘密，只可惜被一不小心弄成了人尽皆知的秘密。老洪很不好意思，特别是在女同事面前，特别是在几个他平时最喜欢的年轻女同事面前。老洪人缘是很好的，见谁都笑眯眯，和颜悦色，平易近人，虽然老洪本科研究生都是学金融的，但他通过自学会了不少必要不必要的东西，比如修个电灯，再比如装点盗版软件什么的。经常有女同事敲门：老洪呀，我电脑老死机，你帮我看看咋回事？老洪立马放下手头的活儿，颠着屁股跑过去，给她鼓捣好。女同事通常会笑眯眯地说，老洪你真能耐，我老公要是有你一半能干，我也不用这么累了。老洪也笑眯眯地说：我能干吗？嘿嘿，一般一般，世界第三。女同事从抽屉里掏出几块糕点，说老洪你吃你吃，谢谢你帮忙。老洪说哎呀手脏，然后从纸筒里抽出两张面巾纸，包着糕点回去了。这两块糕点，老洪通常会一点一点吃掉，就着娱乐节目，他能吃一个下午，吃得很幸福很满足。

但领导对此不太满意，几次在会上说：老洪，你这样不行，上班来，没什么特别的事，就老老实实在座位上，不要乱跑。我一上午到你那儿三回，三回你都不在，这不行，得有点纪律性。

老洪做出委屈状：领导，我昨个吃坏了东西，拉肚子，一上午就没离开茅坑。

领导说：放屁，我上完厕所才到你们屋的，我在厕所的时候，一个人都没有。

老洪就低下头了，小声嘟囔：那就不兴人家在五楼的厕所拉屎了？

我们单位在三楼，四楼的男厕坏了好几个月了。


小李子辞职了，我和老洪走出单位门口，天上的太阳一晃，人就有些眩晕。妈的，北京还有这么好的天，老洪说，你说人这玩意就是个贱，没有蓝天的时候盼蓝天，有了蓝天还嫌晃眼睛。咱们到底吃什么？刚才我问过老洪这个问题，他跟我发了点脾气，现在他又问我这个问题，这确实是个特别让人无语的问题，我也想发火，可想了想还是压住了。吃面去吧，我说。

靠，这个点儿去，人忒多，跟蚂蚁窝似的。老洪搭了个手帘，挡着刺眼的阳光。

那就去食堂，吃了好几年，也不差这一顿，我说。

你丫就不能有点创意啊？昨天就吃的食堂，那白菜熬得太难吃了。

那你说去哪儿吃？创意个屁，天天绕一圈，还不就是那几个地方？

那就去吃面吧，老洪说。

我俩沿着马路，往那家山西面馆走，马路边上长着一排树，走到树下，老洪不再搭手帘了。这面馆每天中午火爆异常，全是拼桌，排号能排到好几百，不过话说回来，他们家面的口味还是可以的。大概一两周，我和老洪必定会来吃次面，这顿面有点像平庸的午饭里的小节日。假如说我们今天约定明天中午去吃面，或者约定随便哪一天中午去吃面，两个人就会整天沉浸在一种激动的情绪里。在食堂或者路边摊吃难以下咽的食物时，老洪就说：一想到明天中午去吃面，我就心情激动。我也是，我说，感觉胃肠蠕动都加速了。这顿饭就这么就着美好的理想吃了下去，到了第二天，很可能因为什么原因没去成，然后只好约下一次。偶尔下定决心去了，排号，抢桌子，点单，吃饭，然后拍屁股走人，可能在店里连二十分钟都坐不了，不管吃的时候多畅快，可一出店门，老洪就会说：妈的，吃个饭跟打仗似的，我都记不得吃什么了。

面馆里像煮沸的火锅，咕咕嘟嘟，一人捧着一大碗面吸溜吸溜地往嘴里塞，服务员扯着嗓子喊，8号两位，到这边来。我和老洪跟着服务员坐下，旁边是一男一女，女的很壮，男的瘦小。我和老洪等得心烦，老洪冲我挤挤眼，我知道他又要故技重施了：每次吃午饭，等饭菜上来的时候，我和老洪都要假装若无其事地偷听旁边的人说话。听完了，我们还会讨论细节。我们听见一男一女这么说着。

壮女人：吃个饭，挤死，也不知道北京怎么就这么多人。

瘦男人：常住人口就好几千万呢，人当然多。

壮女人：我说不来不来你不干，非要吃面，有啥好的。

瘦男人：我就喜欢吃面，小时候我们家顿顿吃面，吃面养胃，吃米伤胃。

壮女人：给你妈买火车票了吗？赶紧买去。

瘦男人：买了。

壮女人：回头把旧衣服给你妈装几件，好歹来一回北京。

瘦男人：不用，她也穿不着。

壮女人：怎么不用，拿两件，让我也尽尽儿媳妇的孝心。

瘦男人：媳妇你真好。

壮女人：对了，给我看看火车票。

男人不太情愿地拿出来：有啥看的。

这时候我和老洪的面来了，我俩要了三碗，一人一碗半，捧着面开心地吃，可耳朵也没闲着。

这时候壮女人突然尖叫起来，暴怒地吼了一声：这怎么回事?

我和老洪吓一跳,差点把脸栽到面碗里。

男人小心地说:没,没啥呀,就是车票嘛。

女人冷笑了一下:哼哼,没想到呀,我对你们这么好,你还和你妈合伙算计我。我不是让你买硬座吗,你竟然买了个卧铺,这得多花多少钱,胆子真够大的,敢抗旨了?

瘦男人:前几天给家里拖地,妈把腰闪了,我心想坐卧铺好点。

壮女人:我可告诉你,自己想好了,要不是和我结婚,你现在户口还在老家呢,你能成北京人?做梦吧你。

瘦男人:那,那要不我把票退了,换成硬座。

壮女人:换个屁,还得扣手续费,就这样吧,钱从你的零用钱里出,下不为例。

他们的面也上来了,男人把一碗面推到女人面前:老婆,你尝尝,他们家面条挺好的。

女人拿一双筷子,吸溜吸溜吃起面来:还行,吃个午饭跑这老远,图个什么呀?

我和老洪吃完了，旁边站着两人，恶狠狠地看着我俩，想让我们马上腾地方。

我和老洪就出来了，到门口，老洪突然回转身：他妈的，我要回去找那娘们，有这么对老人的吗？我得和她掰扯掰扯。

我赶紧拉住老洪，算了，老洪，你这身板，就别跟人叫板了，回头让人给你扔出来。

老洪似乎也并不是真要回去，我一拉，他就住了，嘴里说：我最看不惯这种人，穷横什么呀？还有那男的，窝囊。

我赶紧转移话题：老洪，你没觉得今天的面煮得有点轻吗？

老洪吧嗒一下嘴：没吃出来，每次都这样，吃完就忘了啥味了。


在路上走的时候，老洪已经彻底忘了那对男女。

阳光真好呀，老洪说，这要是找个洗脚城，叫上个小妞，做个足疗，爽死了。

老洪，你能不能有点追求啊？

我就这点追求，老洪说。

我不搭理他，两人就这么走着，过了一个十字路口，有一对长椅，通常吃完面溜达回来，我和老洪都要在这儿坐会儿，扯扯闲篇。今天也不例外。

老洪坐在那儿，面容少有地严肃起来。

你说，咱们是不是活得特别失败？老洪说。

失败？当然了，不过满大街都是我们这样的人，也就没啥了，我说。

这大概也是我们经常聊的内容，我是个粗心的人，完全没注意老洪和往日有什么不同，直到这家伙呜呜呜地像孩子那样哭起来。

我吓一跳，说：老洪，你怎么回事？这可是大街上呢。

兄弟，我心里头难受，堵得慌。

为什么呀？

为什么？因为我在思考人生。

不对呀老洪，你这个岁数这个地位早过了思考人生的年纪了，你应该是苟且偷生的时候了。

老洪说，你别不信，我这辈子，还是第一次思考人生，这一思考不要紧，我忽然发现我活得像一堆狗屎，狗屎还能当肥料呢，我连狗屎都不如。

老洪，这又是你的不对了，你活得好好的，你老婆还没到更年期，在单位虽然不是一等一的员工，可也算是不可或缺的一分子，你儿子学习成绩没出过班级前三，你有车有房，还有几百集《康熙来了》可以看，这活得多好啊！你闲着没事思考什么人生？

老洪说，本来我也没思考，就这几天的事，都怪这午饭闹的。

老洪不哭了，可俩眼红肿起来，我想这家伙完了，将来岁数大了肯定是个烂眼睛边子，整天流眼泪的模样，谁一说点儿当年啊、回忆啊、年轻时候啊的话，他红红的眼边子就能淌出眼泪来。但这是以后的事，现在才四十岁的老洪，你哭个什么劲儿呢？不得不说，老洪发生了我察觉不到的变化，因为他都开始思考人生了，而且思考得有点过分，可这他妈的关午饭什么事？

让我想不到的是，还真关午饭的事，而且我也不知不觉地参与了其中。按老洪的说法，一切源于上周三。那天中午，我们心血来潮，说面馆人太多，食堂饭太难吃，路边摊不卫生，就步行着往知春路那边走去，边走边寻摸着找家店吃午饭。从海淀黄庄往知春路去的路南边，每到中午的时候，就变成了热热闹闹的小吃半条街，炒鸡蛋米线米饭的，抱着泡沫盒子卖盒饭的，烙韭菜馅饼的，摊鸡蛋煎饼的，卖凉皮的，排了整整两百多米。附近楼里的小白领、打工仔蹲在花坛的边上或天桥底下，抱着盘子吃午饭。我们从这里走过，已经在这附近上了快十年班的老洪兴奋地叫着：我靠，这儿哪来这么多吃的？我靠，你看你看，那家伙吃得真香，我怎么没发现啊？我说，老洪，你要在这儿吃是怎么的？老洪吸了吸鼻子，说，不吃，我就看看，不过味真香，咱们好歹也是白领，哪儿能蹲马路牙子吃饭。我们继续往前走，老洪还在不停地说，真香，可能本来没那么香，可你看那些人吃得那叫香啊，还是他们好，午饭都能吃这么香甜。

然后我们经过一家重庆菜馆，我说进去吧，饿了，随便吃点。老洪说不去，重庆菜太辣，我这几天不方便。我说你有什么不方便的，你大姨爹来了？老洪皱皱眉头说，差不多。我才想起来，一年前传说老洪长了

60

痔疮，传说得有鼻子有眼，说老洪有一天大便，一转头看见自己拉的屎是红色的，他还跟隔壁茅坑的小胡开玩笑，说：小胡，你看洪哥这屎，这他妈才叫根正苗红，一颗红心向着党算什么，哥这连肠子都是红的。小胡说，你这哪儿是红心，这就是哈尔滨红肠，你中午吃什么了呀？老洪嘿嘿一笑，说没吃什么，今个中午哥们自己带饭了。小胡突然一惊，说，靠，洪哥，不对呀，你这是痔疮流血了。老洪起初不信，后来大概是屁股无可遏制地疼了起来，吓得差点晕过去。老洪提着裤子跑了。后来的一次例会上，老洪义正词严地要求领导给男厕所安上隔断。领导不愿意，说一大群老爷们，拉屎撒尿，穷讲究什么呀。老洪说：老爷们也有隐私，你得尊重我们的隐私。其他男同胞也附议，领导拗不过，只好找人把每个茅坑都用预制板隔开。

关于老洪的痔疮，我在不同场合以正式或开玩笑的语气问过不下十次，老洪大都矢口否认，逼急了老洪就说："你是狗仔队的呀，打听这个干啥？你才痔疮呢，你们全家都痔疮。"时间久了，老洪间接承认了自己大便干燥，但还是不承认有过痔疮。我和老洪聊天，大都

61

是在午饭时间，老聊痔疮，也不是什么秀色可餐的事，很快也就翻了篇了。

重庆菜馆不去，川菜馆和湘菜馆自然也就不去了，然后我们沿着知春路分别路过了广东菜、东北菜和不少分不清是哪儿的菜的小馆子，这时候已经快到十二点半，按往常，我们已经吃完了午饭趴在桌子上打盹了，可每一家老洪都有意见，都不进去。我们的午饭遥遥无期。

我说，老洪，你到底怎么回事？咱能不能找个地方将就吃一下，我这都饿得前胸贴后背了，我请你，咱不AA行了吧。老洪说你急什么，这不得找合适的地方吗，我又没说不吃，找到合适的地方，我请你都行。老洪说出这话来，我知道老洪不是成心毁了这顿午饭，老洪说请客，实在难得。这不是老洪小气，是老洪兜里很少有现钱，老洪去的地方必须可以刷卡，老洪所有的收入都是他老婆控制着，他老婆的意思是：你看，我给你信用卡，你到哪儿都能刷卡，多方便。在老洪家里，用信用卡考察信用的不是银行，是他老婆，每个月银行的对账

62

单一出来，他老婆就打印一张，然后让老洪从1号起开始背诵自己刷卡消费的地点和金额，金额不能差出一块钱，地点更是一点儿也不能错了。但老洪还是会经常被老婆批评，因为老洪吃饭的店名常常和账单上的饭店公司名字对不上，比如你吃了顿肯德基，信用卡账单上可能写的是百盛。后来老洪学聪明了，消费完马上回来查隶属于哪个公司，背诵的时候一块给老婆听，也就顺利过关了。所以，如果哪天老洪说要请你，请珍惜机会，你应该比真的吃了老洪请的饭还要感到高兴才是。一般情况下，老洪身上唯一的现金，就是午饭钱，这笔钱老洪珍若生命。这是他写了三十多页的午饭预算计划书才申请下来的。

我们就这么走过了大运村，过了北航南门，甚至过了学知桥。学知桥往东，路南，是西土城元大都遗址公园，没什么可看的遗物，但大约能类似一个公园，有几个土包似的山，有条四季浑浊的河，以及河上的桥。我们到了公园门口，已经腿脚发软了。

老洪，要折腾你折腾吧，我就算吃个煎饼也得吃了。我跟老洪说。

老洪也不答话，夹着屁股就往公园里蹿，我一把拽住他：你干吗？抽风啊？

我去看看，老洪说。

看什么？这能有啥？我气得几乎想揍他，可就在我想用几句更难听的话来刺激他，好让他的胃恢复蠕动，赶紧跟我去吃饭的时候，我看见老洪那张四十岁的脸上迸发出二十岁般的光彩，我吓了一跳。老洪，你怎么了？我摇了摇他的肩膀。老洪微笑了一下。我更担心了，老洪，你不会是回光返照了吧？你别这样，你要死也到大街上去，这大中午的就咱俩在这儿，你死了我可脱不了干系。

老洪清醒过来，拉着我就往里面走：进去进去，进去看看。

我跟老洪走进西土城公园。以前来过几次，还是那样，没什么变化。那时候读书，一大早假装锻炼跑到这儿来，看着一群老太太打太极，另一群老人一边顺拐着大步流星地走，一边拍着自己的腹部，嘴里大声地嗨嗨嗨嗨喊着号子。可这时正当盛夏的中午，炎热，闷得让人发慌，公园里基本没人。我被老洪拉进来，肚子里又饿，连口水也喝不到，心里除了烦躁就是烦躁。

老洪，你干吗？

老洪不回答我，看着眼前的树啊草啊土包啊，笑眯眯地说：真好，真好。

好什么？老洪，你不会精神出问题了吧？

老洪转过头，郑重其事地把脸凑到我脸前说：哥们，你知道吗？我对这地方太有感情了。

老洪告诉我，他读大学读研究生的七年时间里，经常来这儿。我这才想起来，老洪就是在北航念的书，可已经过了十多年了，老洪，你不用这么强烈地抒发对读书生活的怀念了吧？老洪说，他那时候天天上网，和人网上聊天，终于有一天，老洪费尽九牛二虎之力把一个语言大学的女网友忽悠出来见面了，见面地点就是这儿。老洪说，他为了给姑娘第一面就留下好感，特意从学校的流浪猫群里抓了一只很萌很瘦小的猫，还买了两根金锣火腿肠给它，抱着去了西土城。

老洪和语言大学学越南语的妹子见面很顺利，他们抱着小猫走遍了公园里的每一条小路，学越南语的妹子一看见这只猫就稀罕不已，对充满爱心的老洪也就毫无戒备。妹子说：十三爷，没想到你这么温柔，我有男朋友，可是还是想见见你。老洪那时的网名叫洪兴十三爷，是看了香港的古惑仔片子《洪兴十三妹》改的。

后来呢？我问，你们不会就在这儿把事办了吧？

后来，老洪说，学越南语的妹子把猫抱走了，就再也没和他联系过，连她的QQ号也再没闪亮过。

这次掺杂着失败的成功见网友案例，让老洪消沉了半个月，但很快西土城公园又见证了他的第二次、第三次网友见面。五年的时间里，老洪见过二十多个网友，其中也不乏一些有点变态的男人和更年期大妈，有一次老洪竟然见到了一个还不到十五岁的中学生，而且特开放，说是非要和一个成熟男人一夜风流，给青春留下点非同寻常的印记，老洪真是吓坏了，简直是狼奔豕突地逃走，差点掉在护城河里。

老洪说他现在后悔了，悔死了，肠子都悔青了。我问他后悔什么。老洪看了天上火热的太阳一眼，说什么都悔，最后悔的就是当初见了那么多女网友，也在公园林深叶茂的树林里走过，有时还是深夜十一二点空寂无人时走的，竟然一次艳情也没发生，甚至连嘴都没亲过，顶多上了一垒，拉拉手，搂了搂腰。

我说老洪，我他妈也后悔了，我后悔和你出来吃午饭，我后悔一直以来和你一起吃午饭，我甚至后悔当初应聘这家单位。

老洪说别打岔，你还年轻，你不懂，等你到了我这个年纪，你就明白了。

这儿留下我多少足迹呀，老洪感慨道，那时候我真年轻，网友们也真年轻，水、嫩，就跟五六月份摘下来的青玉米似的，一咬一嘴甜滋滋，你说我要是和其中的一个，哪怕就一个好上了，我现在的生活是不是也不至于这样了？

你现在不是活得挺好的吗？我说。

好个屁，老洪不屑地说，要是好的话，我们能连午饭吃什么都不知道吗？能跑到这儿来悲春思秋地瞎逛吗？

你丫就是闲得蛋疼，老洪，可以了，赶紧跟我回去，咱俩就去吃个麦当劳，管他什么垃圾食品不垃圾食品的，午饭嘛，就是个形式，只要你能把形式走完，一切就都OK。

老洪不知道又想起了第几个网友，嘴里嘟囔着恨不相逢少年时，恨不相逢少年时。


下午三点的时候，我去老洪办公室拿一个文件，看见老洪戴着耳机，嘴里叼着半个老婆饼，正对着电脑屏幕嘿嘿傻乐，屏幕上小S正做出各种姿态。

老洪，你不悲春思秋了？

老洪看了看我，咬了一下老婆饼，说：小S真逗，你说世界上怎么还有这样的女的？哪个男的敢娶了她？

咋的？你对她感兴趣？人家孩子都好几个了。

我感兴趣有个屁用，嘿嘿。老洪很神奇地继续叼着老婆饼，还能清晰地说完一句话。

老洪，你上班时间明目张胆看综艺节目，还是台湾地区的，你就不怕被领导撞见？你不是不知道，领导可是死忠的一个中国立场，他最近正因为马英九不出兵钓鱼岛很生气呢。

老洪摘了耳机，说，滚。

我回到座位上，忽然想起了老洪中午在西土城公园时的样子，我发现老洪的身体里还藏着另一个老洪，这也不算什么奇怪的事，大概每个人心里都藏着另一个自己。可是，我忽然想起老洪当时的眼神青涩纯真，老洪如果年轻十岁，很可能就是那个站在《快乐男声》或者《中国好声音》舞台上，鼻涕一把泪一把地说"我有一个梦想"的人。

　　所以说，他这人完全是身在福中不知福，他现在拥有的一切都正是我梦想的，而老洪竟然坐拥幸福生活却心怀不满，还幻想着回到见网友的年轻时代，老洪，你他妈的太过分了。不说别的，就是晚饭这事，老洪就比我幸福多了。人生最焦虑的固然是午饭吃些什么，但晚饭吃什么也同样是个烦恼。毕竟老洪的老婆是全职家庭主妇，他只要一回到家，他老婆就会把热腾腾的饭菜端出来，老洪不但可以吃，甚至还可以敲着桌子表达不满，盐放多了，火大了——这是老洪唯一能行使权利的机会。也就是说，在这个层面上，老洪已经上升到完全不用考虑晚饭吃什么，而是着重考虑好不好吃的地步了。而我属于最苦大仇深的群体，他们说人生最重要的三个问题是，我是谁，我从哪儿来，我到哪儿去。我得说这是扯淡，对我来说，三个问题是：早饭吃什么，午饭吃什么，晚饭吃什么。或者说，这完全就是一个问题，吃什么，再简单点就是吃的问题。可又不是吃的问题，作为一个硕士毕业已经工作五年的屌丝凤凰男，单身状态，与别人合租，我已经在绝对意义上解决了吃不起饭的问题，我面对的永远是吃什么的问题。

有一段时间，晚上下班后，我会沿着下班的路线一家一家地吃回去，不管好吃不好吃，不管便宜还是贵，就是一家挨一家地吃。这的确很大程度解决了我晚上吃什么的问题，但这条街总有吃完的时候，怎么办呢？难道我再吃一轮？我开始认真听取单位的女同事们想给我介绍对象的想法了，我在想，如果我有个女朋友，晚上吃什么的问题就不再是我一个人的问题，而变成了两个人的问题，甚至也就是她的问题了。这多好。甚至，我还按照她们的安排相了几次亲，但我又特别讨厌相亲，因为相亲就得请女方吃饭，而请女方吃饭就得同样面对吃什么这个问题。这时候面对这个问题，比我一个人面对晚饭吃什么或者我和老洪两个人面对午饭吃什么，还要痛苦得多，你不但要考虑餐厅的地点、价位，还得考虑女孩子的习性和喜好。三次相亲里，有两次女孩条件都不错，人能看，也没提什么必须马上有车有房之类的标准要求，可我一整个晚上都在为我选的餐厅买单，为了搞得气氛浪漫点，我选了一家西餐厅。可这姑娘对西餐完全不感冒，对着牛排沙拉说了三个小时卤煮火烧，临末了，姑娘抱了我一下，说：你这人不错，可我就担心咱俩将来吃不到一块去。我想解释自己也很喜欢吃卤煮火烧，但她已经上了公交车，也没从窗户里向我挥手。

老洪，你真是梦里不知身是客啊。


第二天一大早，老洪就跑到我办公室来：我靠，我靠，你看到了没，看到了没？

弄得我摸不着头脑：看什么？马路上又追尾了？还是网上又出艳照门了？

老洪激动得不行，说：不是啊，楼下，就在楼下。我扒着窗户往外看，可惜因为角度的问题，我只能看见楼下停着的各色汽车。

老洪说：靠，小李子在楼下呢。

我笑了，楼下就楼下，有什么大不了的，他虽然辞了职，也不是不能回来呀。

老洪急了，说我跟你丫说不明白，你跟我下去看。

我下去才知道坏了，小李子真回来了，而且大有一副扎根于此，还要大有作为的架势。小李子是我们的前同事，半年前辞职去了一家银行，他走的时候，老洪差点哭断气，老洪始终苦苦哀求小李子：小李子，你把我也带去吧，我不想在这儿干了。

小李子乐了，洪哥，这又不是商店促销，买一送一。

老洪之所以对小李子的单位这么垂涎，是因为小李子吐露，他们单位有一个超级牛逼的食堂，每天中午几十样菜的自助餐，只要十块钱。老洪听到这个消息，差点疯掉。

小李子走之前，一直是我们三个一起吃午饭的。三个人一起吃午饭，有点像三个和尚挑水吃，结果是每一次午饭都吃到很晚。我们三个很民主地各自提一个地方，然后举手表决，麻烦就麻烦在这里，每次其中一个人提一个地方，另两个总有一个会提出反对，然后换个人提地方，结果还是一样。后来老洪生气了，老洪愤愤地说：看看，看看，这就是我们中国人，网上还有人整天喊着要民主，能吗？你说能吗？三个人搞民主，搞到最后连去哪儿吃午饭都决定不了，狗屁，我看这样，咱们仨一人一天轮流提，不许反对，提哪儿去哪儿。我和小李子商量了一下，似乎也只有这个办法最好，就按此执行，这种操作方式被老洪称为：轮流坐庄的民主集中制。

那段日子，是我们整个职业生涯里午饭时心理压力最小的时期，因为一周你至少有两三天时间完全不用考虑中午吃什么，这个难题交给别人考虑。但是后来矛盾还是来了，矛盾不是这个轮流坐庄的机制有问题，而是来自坐庄的人要去的地方，比如小李子这个人，人虽然才三十多岁，可胃病也三十多年了，吃不了凉的，吃不了辣的，吃不了油大的，而且极其顽固地认准一家小馆子的几道菜，可以几个月都吃同样的。长此以往，老洪受不了了，老洪虽然是东北人，可老洪在北京这么多年，已经无辣不欢了，只有犯痔疮时例外。为这个，老洪和小李子吵过一架，也不算吵架，顶多算拌嘴，因为不可能有人和小李子吵起来。小李子是最爱讲道理的人，甭管什么情况，他都会慢条斯理地说：你看，事情其实是这样的，第一……第二……第三……小李子能因为去了一家饭店而讲出二十多条理由来，不但老洪听烦了，我也听烦了，可老洪听烦了归听烦了，他要是大吼一声，把小李子镇住，也简单，老洪偏偏是个拧巴人。你不是跟我讲道理吗？好，那就讲道理，你讲二十条，我就讲三十条。老洪讲三十条也不要紧，要紧的是老洪根本讲不出三十条来，老洪能讲出三条来已经气喘吁吁了。他们俩折腾这一回，已经快下午上班了，我们只能买一份薯条汉堡，匆匆啃了继续干活。

而如今这个小李子又回来了。

是这样，我们每个人的一生中都会经过无数个煎饼果子或鸡蛋灌饼摊子，还会和那么几个老板成为熟人，他一看见你就知道你要不要加个鸡蛋，放多少辣酱。但这个不一样，这个看起来连炉子都很新鲜的摊子是前同事小李子开的，而且就开在单位门口。这确实是个黄金宝地，四通八达，人流量很大，而且附近多的是写字楼，每天一大早从公交车地铁站和私家车里走下来的都市白领们都睁着蒙昽睡眼走到摊子前，来点什么。

小李子，你的人生走到大部分人的前面了。而这让老洪愤怒不已。

小李子之前辞职时老洪就愤怒过，因为老洪一直以为自己在这儿是大材小用杀鸡用了牛刀，老洪幻想着有一天猎头公司的人打来电话：老洪吗？有个大企业相中你了，想请你去做副总啊。这事老洪和谁都说，甚至有一次喝多了搂着领导的脖子还说过这话，当然老洪还没傻到这个地步，他说完上面那段话之后脊背一凉，赶紧补充道：我跟猎头公司的人说了，我老洪，生是单位的人，死是单位的死人，别说是副总，就是让我当总裁，我也不去。领导喝得也有点多，领导说：老洪，人往高处走水往低处流，你要走我也不拦你。老洪吓坏了，一仰脖子又喝了半瓶酒，咣当一声就倒在地上人事不知。第二天，老洪见人就道歉：哎呀，昨天喝大了，兄弟没说啥不靠谱的话吧？别往心里去，别往心里去。而老洪最担心的领导那儿，这事竟然变成了好事，领导有一次在会上说：老洪啊，人虽然年纪大了点，思想有点落伍，但就这点好，忠心，忠心耿耿，连肠子都是红的。
老洪红着脸，也不知道是该当夸好还是当骂好。

　　老洪没走成，可小李子一扭身走了，还去了国企，待遇赛过公务员。老洪刚刚从难过于自己晚了小李子一步中缓过神来，小李子竟然把工作辞了支起了煎饼摊子。老洪更生气了。因为这个主意最早完全是老洪提出来的，在我们三个吃午饭的时候，老洪不但提出了煎饼摊子的设想，他还提出了麻辣烫、掉渣饼、水果车、成都小吃、快递公司等设想。不擅算账的老洪给我们算过账，案例是麻辣烫摊子，老洪说：你们算算，麻辣烫一串五毛钱，我们一天卖一万串，就是五千块钱，刨去两千块成本，咱们三人一天还一千块钱呢，一个月就是三万，三万呀，咱们现在上班一年才十万。老洪说着说着就有点激动，我和小李子也有点激动，但我们更关心今天的午饭怎么样，因为在老洪算账的间隙，我俩一直在讨论小豆面馆里的面到底算北方面还是南方面，我觉得是南方面，小李子说是北方面。老洪很生气地说：你们俩一辈子就配在这儿吃面。我不幸让老洪说中了，可人家小李子步步都走在老洪的前面。

好吧，我和老洪就怀着这些记忆和复杂的情绪站在了小李子的鸡蛋灌饼摊子前。

小李子看见了我们，笑着说：不地道呀，我猜你俩早该到了。

老洪说，小李子，你到底在干吗？

小李子：干吗，做生意呀，你还别说，这活儿不错，来钱真快。

老洪：那你也不用跑到单位门口来吧？

小李子：我也不愿意来这儿，可地方不好找呀，刚好这儿原来摆摊的撤了，我得赶紧把地方占上。

老洪：靠，你小子愿意伺候人，那就让你伺候，给我来个灌饼，加仨鸡蛋。

小李子：老洪，你看你，没变，还是那么冲动。

老洪：仨鸡蛋，你给我挑个儿大的。

小李子：成，怎么样哥几个，中午我收了摊，咱们吃点？我请客。

老洪后来坐在办公室里吃鸡蛋灌饼的时候，差点噎死，在老洪的座位上，只要一扭头，就能看见小李子戴着顶白色的厨师帽在给人灌饼。老洪被伤着了，以至于他整个上午都没想起来今天是《康熙来了》最新一期的更新时间。十点左右，小李子收了摊。十一点半，我和老洪从办公楼出来，看见小李子开了一辆奥迪在等我们。

嘚瑟，绝对是嘚瑟，老洪说。

小李子打开车门，说：进来。

我和老洪坐到后排座上，小李子发动汽车。

吃什么？小李子问。

都行，我说。

那不成，老洪说，吃点正经的，大中午的。

你说，小李子说。

吃羊肉去，老洪说，去巴依老爷，你就往南走吧，过了联想桥不远。


我们和之前辞职的小李子又天天见面了，也不是天天，有时候某领导视察或非洲某个中国人民的老朋友要去北大清华做讲座，中关村大街一大早就会站满了警察，小李子和他同行们的煎饼摊子、鸡蛋灌饼摊子就全部销声匿迹。我和老洪一直奇怪，他们似乎总能头一天晚上就得知第二天的形势，早早做好准备，但在交通管制后的第二天甚至第三天的煎饼和灌饼，我是死活不吃的。你想，昨天被管制，昨天的食料又不舍得扔，肯定得放在今天或明天用完，吃到腐坏食物的概率太大了。

这种日子持续了两个月，两个月后的某一天，老洪又冲到我屋里来，快看快看，小李子。

我要跟着他往外走，他说不用，这里就能看到。

我打开窗子，一下听见人声鼎沸，小李子骑着自己的电动煎饼摊四处乱窜，几辆城管车围追堵截，几番追逐，小李子把煎饼摊停了，不再反抗，下车，抽烟。城管队员一哄而上，先把煎饼车给弄走，然后上来拉小李子的胳膊。

小李子往上看了一眼，老洪嘴角一斜，说：靠，看你还嘚瑟不，我就说早晚得让城管给逮住。

我说，老洪，怎么这么说，小李子是朋友，咱们帮不上忙，也不能说风凉话呀。

老洪说，我说的是实话，说实话，有错吗？

老洪走了。

这天中午我俩没在一块吃饭，我不想搭理老洪，我觉得这小子有点孙子，太落井下石了，甚至，我还怀疑城管就是他故意招来的。也不是没有这种可能性，就像电视上的广告：一切皆有可能。但我实在想不到这种可能性的理由，如果老洪这么做了，为什么呢？老洪虽然不满小李子走在前面，虽然反感他嘚瑟，但还不至于去举报吧？难道是老洪妒忌小李子的鸡蛋灌饼比他更赚钱？

这天中午，我虽然没和老洪吃午饭，但还是习惯性地到老洪的办公室门口瞅了一眼，老洪不在座位上，电脑都是关机的。回到座位，我发了一会儿呆，也想不出一个人能吃点什么。

你们怎么都不去吃饭呢？我问同办公室的几个女同事。

这就走，这就走，那个人到中年可头发白了三分之一的说，我们去吃酸辣粉，你去不去？

不去，我说，我最不喜欢吃这种粉了。

其实我和老洪经常很羡慕这些女同事，她们虽然每天和大家一样面临着午饭吃什么这个几乎无解的问题，但面对的方式却大不一样。女同事中的一部分人，会给自己的整个人生制订详细的计划，这计划中当然要包括午饭，她们会列出或只在心里列出一个表格：周一食堂，周二馄饨，周三小炒，周四食堂，周五和朋友共聚午餐，诸如此类的，条分缕析，更重要的是她们能够雷打不动地坚持这个表格。还有一部分常年处于节食减肥的过程中，她们每到中午就端坐在桌子上看一会儿美剧韩剧日剧或淘宝网，在一种脂肪燃烧消耗能量的假想中度过中午。再或者，她们每一天都能团购到附近某些小吃店的优惠券，按时按点地去光顾它们就OK了。

这个中午，老洪不知所踪，我也毫无食欲，就和留下来的女同事一起假想减肥大业。

整个下午，我跑到老洪办公室门前看了好几回，他都不在，似乎一直都没在，随口问了几个同事，竟然从中午开始就再也没人遇见他。

第二天老洪没来上班，但有关老洪的消息却传开了，他们说老洪昨天进了局子。

中午的时候，我正要去吃午饭，领导进来了：小刘，跟我去接下老洪。

接老洪？我有点纳闷。

领导愤愤地说，这叫什么事呢？他自己不检点，找他老婆好了，干吗非得单位派人去接？

我想传言是真的了，老洪果然进了局子，可老洪是因为什么进去的呢？

容不得我多想，领导已经不耐烦了，说：快点吧，搞得我午饭也没吃成。

我赶紧拎起包跟着领导出去。

领导坐在后排，我坐在领导车的副驾驶位置上，司机老张说去哪儿？

领导没好气地说：还能去哪儿？派出所。

一路上我都努力压制自己要问领导老洪犯了什么事的冲动，但我实在很想知道，一向谨小慎微的老洪，究竟干了什么违法的事，他打了人？他破坏公物？还是……

我们到了，民警让我们在大厅里等，过了一会儿，老洪垂着脑袋被带了出来。

民警说，行了，你可以回去了。

老洪看了看我们，说谢谢领导。

领导没好气地说：保证金要从你工资里扣。

老洪说：扣，扣。

我想过去和老洪握个手，或者煽情地抱老洪一下，可又觉得不合适。

走吧，老洪，我说。

老洪长叹一口气：一失足啊。

回去的时候，老洪坐到了副驾驶，我和领导坐后排了。我从后面看见老洪死死地盯着挡风玻璃外面的路，一动也不动。

一失足？他究竟失了什么足呢？到现在我也没弄清楚。

谜底是在第二天解开的，我一到单位，就感觉出来气氛的诡异。走进办公室的时候，我听见早来的几个同事的键盘噼里啪啦地响着，显然是在聊QQ，这么密集的打字速度，证明他们聊的是一个人人都参与，且急于表达自己看法的事情。我内心激动，但假装若无其事地打开电脑，登录QQ，很快就有几十条留言跳出来。

小魏说：小刘，靠，昨天哥们问你老洪为啥被抓了，你小子还瞒着不说，我知道了，这家伙胆子够大的，竟然去洗头房找小姐。

老周说：小刘，老洪怎么是这样的人？真没看出来呀，隐藏得够深的。

王会计说：事实证明，你们男人没一个好东西，只不过是没被抓到而已。

尽管我提前猜测了种种可能，也包括老洪犯了作风问题，但被如此密集的信息证实，还是有些吃惊。毕竟，老洪是和我一起吃了上千顿午饭的同事，我们在寻找吃什么和正在吃什么的时间里几乎是无话不谈。我知道老洪日渐苍老和虚弱的身体里包裹着一颗蠢蠢欲动的心，但我也知道老洪只是个有心无胆的家伙，到底是什么让他铤而走险呢？我后来清晰地了解到，那天晚上老洪挑剔老婆做的红烧茄子太甜了，老婆发飙，把茄子扣在了他脸上，老洪也怒了，从老婆的钱包里抢了一千块钱跑了。跑出家的老洪吃了顿韩国烤肉，喝了一瓶牛栏山二锅头，然后满大街晃悠。路过一个看起来是那种地方的洗头房，他走进去，说：小姐，我要消费。

洗头妹问他：大哥，你消费什么？

老洪说：有什么呀？

洗头妹：我们有按摩，西班牙骑士，顶级的。

老洪：怎么个顶级法？

洗头妹：西班牙骑士，就是我坐在你身上，用屁股给你按摩，顶级不顶级？

老洪：靠，那就西班牙骑士。

老洪跟着洗头妹进了按摩房，脱光了衣服趴在小床上，洗头妹把自己超短裙的两边拉锁拉到腰部，就坐在了老洪身上，老洪哎哟了一声，他醉眼迷离，甚至都没看清这姑娘足足有一百五十斤。洗头妹刚坐上去的时候，老洪觉得自己的腰都要断了，他的脊背感觉到了洗头妹两瓣浑圆结实的屁股，还有两腿中间一小片湿热的区域，从内裤里刺出来的毛扎着他的肌肤。老洪想我现在是一匹马了，有一个西班牙骑士正骑在我身上，她马上就要用鞭子抽我了。靠，谁说我老洪敢想不敢干？我老洪的人生今天要翻开新的一页了。洗头妹开始移动，用她的屁股揉搓老洪的身体，老洪并没有感觉到多么舒服，但他靠着这种摩擦开始了想象，想象到了一定程度，老洪突然翻身，差点把洗头妹掀翻到床下，老洪伸手拉住了她，然后就把她摁到了身下。老洪伸手去摸洗头妹的屁股：西班牙骑士，也让我骑一会儿。老洪以为一切已经水到渠成了，但没想到洗头妹尖叫起来：流氓，强奸啦！一脚把老洪踹在地上，老洪愣在那儿了。

老洪被以流氓罪拘留，民警把他铐起来，从洗头店带走的时候，老洪的一身冷汗排出了酒精，他看见了自己耍流氓的那个洗头妹，长得很普通，但看上去并不像真的站街女，洗头妹似乎还哭过，两只眼睛留着掉眼泪和使劲用手揉搓的痕迹。老洪想，妈的，可能我真搞错了，不好意思。洗头妹看见老洪的手被铐着，冲上来给了他一巴掌：告诉你，我是卖艺不卖身的。老洪的脸感觉到火辣辣的，他诺诺地说，对不起，我搞错了。

这之后，领导找老洪谈了一次话，意思是，老洪你看你已经这样了，不但耍了流氓，还被警察拘留了，我出于同事的好意把你保出来，你是不是也滴水之恩涌泉相报，主动辞职别给单位抹黑的好。老洪说领导你说得不对，我是你的人，我跟着你干了这么多年了，犯了点小错，而且是酒后犯错，你们应该对我展开批评教育，应该发挥组织上的作用帮助我改正错误继续提高，怎么能把我当累赘一样扔掉呢？领导你这么做和你平时大会上讲的话不一致，和党的原则不一致，你可以给我处分但不能让我畏罪辞职。领导拍了桌子，说老洪你到底想怎么样？你还嫌丢人不够吗？我告诉你，今天你走也得走，不走也得走。老洪也不生气，说领导你让我往哪儿走，我生是单位的人，死是单位的死人，我就不走。领导瘫在椅子上，说老洪我求你了，我让财务多给你开三个月工资行不？老洪说领导不能这样，无功不受禄，有错就改，有过就罚，我错了，领导你扣我三个月工资吧。领导说老洪你咋变这样了呢？原来挺明白事理的一个人，现在学会了胡搅蛮缠撒泼要赖。老洪没立即接话，他拿过领导的大茶杯，才说：领导你看你说这么半天口干舌燥的，我给你倒点水去。老洪拿着杯子出去，领导突然觉得自己很委屈，脱口骂道：老洪我×你妈。

老洪终于没有走，他过了个周末就回来上班了，老洪努力让自己看起来和出事之前一个状态，别的同事也努力配合他，但双方都心知肚明，好像两个人一起走钢丝。只有我对老洪冷眼相待，我不能在同事奇怪的眼光里再和他一起去吃午饭了，我也不能和另外一个人结伴去吃午饭，这么做好像我是个落井下石的小人，在背叛老洪。我只能一个人去吃午饭。但我坐在小饭馆或食堂里没法阻止老洪端着盘子坐我对面。老洪说，靠，我原来以为脸是个多大的东西，现在知道了那就是一张皮。我说哦。老洪说，哥们现在看得开了，哪有那么多闹心的，有吃有喝过得挺好，世上本无事，庸人自扰之，哥们从此以后就不是庸人了。我说哦。老洪说小刘你的心思我都知道，没事，哥不怪你，要是以前的我也会这么干的，唉说白了呀，小刘，你还是年轻。老洪说起我年轻时仿佛一个父亲在说一个儿子，他还又亲热又语重心长地拍了拍我的肩膀，我躲也躲不开。我说哦。我们吃完饭，到残食台那儿把残杯冷炙倒掉，把餐盘放在铁皮箱子里。老洪说，小刘，我告诉你个秘密，我有理想了。我不能再哦下去了，就说啥理想。我要移民，老洪说。

这话只是嘴上说说，是老洪的共产主义理想，他最向往的地方是新西兰，因为他有一个同学移民到那儿了，并且他加入到了一个移民QQ群，群里每天都有人发一些新西兰的美景，老洪看得口水都要流出来。自从有了这个伟大的理想，老洪冷落台湾地区的小S和蔡康永很久了。时间一长，也不知是为了接续上之前的记忆，还是人生本身是一个巨大的森林，试图走出去的人总会一次次回到出发的地方，我和老洪又成了一起为午饭发愁的伙伴。老洪的耍流氓事件，也渐渐成了笑谈，连老洪自己都能笑嘻嘻地拿这个开玩笑了，生活没有什么理由不继续下去。

可自从加了新西兰岛移民QQ群之后，老洪找到了新的话题。每当我们两个面对面坐在拥挤的面馆或嘈杂的食堂里，吃着毫无胃口的午饭时，老洪就会歪着脑袋说：上午看我同学发过来的图片，太他妈好了，他们活得太滋润了，简直是神仙般的日子。我总会敲敲他的碗或餐盘：别做梦了老洪，想移民你得有那个实力。老洪扒拉着肉末酸豆角说：你说这地方有什么可待的？吃的东西没一样安全的，都是地沟油苏丹红三聚氰胺，老子早晚得移民。

这句话像一个爱流鼻涕的男孩那永远也擦不完的鼻涕一样挂在老洪的嘴边，他逢人都会讲讲新西兰的好处：只要买套房就能拿到绿卡啦，一家一个大house啦，空气清新得不得了啦，小孩上学免费啦，当个电焊工都很有尊严啦，等等。有一次，我说老洪你要走就赶紧走，要不走你丫就退出QQ群，别整天在我耳边念叨了，烦死了。老洪说你屁都不懂，那是天堂，这是地狱。我说老洪你再这样，我可不跟你一起吃午饭了。老洪说，你真是眼窝子浅，看不到真正的趋势。我会行动的，我可不是嘴上的巨人行动上的矮子，老洪说。

但老洪行动起来的第一个意外是他买了条狗，杂种，毛色倒是很富贵，金色的，北京的空气质量好的时候，在阳光下也确实闪闪发光。这条狗和老洪有所不同，它浑身上下都散发着雄性狗的荷尔蒙，老洪牵着它在大街上散步的时候，路过的各种小母狗们都趋之若鹜地往这条狗这儿凑。当然，那些牵着小母狗的异性也会爱狗及人地对老洪和颜悦色。老洪对这条狗爱极了。

有时候老洪竟然用自行车把它带到单位来，放在办公桌旁边的桌子上。老洪干一会儿活儿就说；滴滴，你看你们狗多好，啥也不用干，还有人疼，咱俩换个个儿，你当人我当狗吧。滴滴是他给狗起的名字，听了老洪的话，也不发表意见，就是咧着嘴看着老洪。这条狗似乎是被培训过的，只要领导一过来，它就颠颠地跑过去围着领导的裤腿转悠，表示出极大的亲热。领导说，老洪，这是上班的地方，你怎么能把狗带来呢？老洪就说，领导你看看你看看，滴滴和你多亲，我都妒忌了，你和它有缘分呢。领导说，老洪，下不为例。老洪说，不是我想带它来，是它想来。领导能怎么办呢？毕竟老洪在工作上还是很认真，没出什么大的纰漏，你要知道新《劳动法》实施以来，老板不能像过去那样随随便便就把人给开除了。

自从老洪有了这条狗——算了我们也叫它滴滴好了——滴滴时而跟着老洪来到单位，老洪的午饭就多了一个内容，给狗喂饭。老洪从超市里买了狗粮，整个中午都拿着几块类似于骨头样的狗粮逗滴滴，但奇怪的是，滴滴总是爱搭不理的，越是这样，老洪越是来劲。因为这个，办公室的同事对老洪恨之入骨，他们再也不能安安稳稳地午休小憩半个小时了，可无论大家怎么冷嘲热讽，老洪还是会耐心地逗着自己的滴滴。其结果大都是狗粮滴滴没有吃多少，反倒是老洪没少吃，老洪说：滴滴，你看，多香啊，你不吃我可吃了？我真吃了？我真吃了？老洪说着就把狗粮放到了嘴里，嘎嘣嘎嘣地咀嚼起来。

我们都觉得老洪精神上出问题了，肯定是，自从那次事件之后，老洪已经不是原来的老洪了。有一天，不知道是为了庆祝什么事情，单位组织中午聚餐的时候，他们都劝我说：小刘，以前就你跟老洪最好了，你得劝劝他去看看心理医生。我现在心里对老洪烦极了，恨不得再也不和他打交道，可是面对领导的殷切希望和同事的热切鼓励，我不能说不。我说好，我旁敲侧击地跟他说说。那天似乎是要了酒的，有人喝有人没喝，老洪是喝了的。我就端着酒杯过去，说：老洪，来，咱哥俩干一个。老洪说，好呀好呀，干一个。喝完酒，我说：老洪，你说咱俩啥关系？老洪说：啥关系，哥们、同事、朋友。我说：真的？老洪说：真的。我说：那行，老洪，既然咱俩是哥们、同事、朋友，我跟你说句话，你能不能听？老洪说：你说。我就说，老洪，其实吧，是这么回事，也不是我要跟你说句话，是我们——咱们单位的领导和同事，要和你说句话，这句话吧，怎么说呢，似乎你可能有点不爱听，但是吧，我们也是为你好，老洪其实你挺好的，但是吧……老洪打断了我：小刘，有话快说有屁快放，支支吾吾干什么？我深呼吸一口气说：老洪，你要不要去看看心理医生？你最近可能工作压力太大了，精神有点焦虑紧张。

老洪并没有像我担心的那样跳起来，或者怒吼一声，老洪甚至都没表现出惊奇，他就那么看着我，看着看着，嘴角慢慢露出一点冷笑。老洪看得我心里发毛，我扬着酒杯：老洪，我喝多了，喝多了，胡说八道，你别往心里去。老洪还是看着我。我尴尬地笑笑：老洪，哥们跟你开玩笑呢，哈哈，哈哈。老洪张了嘴，一字一顿地说：小刘，你给我听着，老子没病，老子好得很，你要敢再跟我说这话，我就把你劈了。

我赶紧说，是是，再也不说了，再也不说了。

自打这一天之后我跟老洪就没在一块吃过午饭，我虽然后悔自己太冲动，不该听人家忽悠就去劝老洪，但恢复一个人吃饭的中午还是比跟老洪在一起时压力要小，什么事都有它的两面性。

奇怪的是，有一天老洪在中午时分走到我办公工位旁边，说：小刘，中午一起吃饭。

我想说中午已经约了人了，但一抬起头看着老洪的脸，忽然有些不忍，就答应了。我说甭等中午了，咱们现在就去，那会儿大概十一点。我和老洪去了以前

93

我们经常去的一个小饭馆，点了两个炒菜，两碗米饭。我拿起筷子夹起一块醋熘白菜，刚要往嘴里放。我的滴滴死了，老洪说。我的手停在半空，嘴还张着，调整了半天才调整到适合发音的形状，说：怎么死的？老洪突然捂住脸，呜呜哭起来。我放下筷子，说：老洪别这样，旁边都是人，老洪，坚强点。老洪抹了一把眼泪，抬起头：勒死的。我说：谁呀，谁这么残忍。老洪把双手伸直到我脸前面：我，我亲手勒死的。我吓了一跳，身体不由自主地往后躲，差点摔倒，赶紧稳住：你……你……你勒死的，老洪，这是为什么呀？

老洪说，哥们，我要走了。

去哪儿？

新西兰。

你真移民了？

我真要走了，可是滴滴我带不走，留给任何人我都不放心，我也不忍心让它做流浪狗。

我不知道该说些什么，老洪的人生已经从很久之前就脱离开我所能理解的范围了，老洪把一顿午饭吃出了一生的味道，而在我这儿午饭就是醋熘白菜土豆丝蛋炒

94

粉馄饨馒头。

我亲手勒死了它，老洪说，我本来想给它注射安眠药，可是不知怎么的，有一天我就拿着绳子勒住它脖子，一口气勒死了它，我不知道我为啥那么恨它。

我问老洪，既然他要走了，找我，是不是有什么事？老洪说，我就你这么一个朋友，临走，得和你吃顿饭。我有些惭愧，说老洪你早说，早说哥们给你饯行，咱们去吃点好的，烤肉火锅什么的，哪能吃这个。老洪说无所谓了。那你老婆孩子怎么办？我问他。她们早就过去了，老洪说。你行，我说，老洪你真行，没想到你不声不响办了这么大的事，办了多少人想办而办不了的事。

老洪开始扒拉那碗米饭，就着醋熘白菜和土豆丝，老洪吃得很有节奏，一口米饭，一筷子白菜，一口米饭，一筷子土豆丝，如此循环。我什么都吃不下，虽然嘴上祝贺老洪终于就要脱离苦海，可心里头很不是滋味：老洪竟然就真的要移民了，妈的，他哪儿来那么多钱？一个和我一样不知道午饭该吃些什么的小白领，一个嫖娼被人家抓现行的臭流氓，一个除了《康熙来了》

其他电视节目都不喜欢看的中年男人，竟然就移民海岛国家新西兰了？我有点接受不了，我想单位的其他人也接受不了，连那个秃顶的领导——他可比老洪有钱多了——也接受不了。

老洪上飞机的那天，单位所有人的情绪都不太稳定，尤其是领导，因为大概在老洪已经飞过中国领空的时候，财务部门发现老洪借助一个项目转走了一大笔钱，足够老洪在新西兰无忧无虑生活二三十年的钱。领导气得血压飙升到两百，可他已经阻止不了老洪了。而我们这样的员工，这时候还不知道老洪卷钱的事，只是在午饭时集体莫名地悲哀着。小魏阴沉着脸说：妈的，老洪怎么就能移民呢？我他妈都想移民多少年了，他怎么就比我早移民了呢？原来大家都暗地里想过，但是没人有胆去实现，更没人有胆从单位搞一笔钱。我后来猜测，集体悲哀也不仅仅是因为老洪移民了，而是老洪做了很多大家一直有兴趣做的事。这顿午饭吃得很无聊，午饭吃什么的焦虑完全被午饭吃什么都没意思的焦虑给替代了。

这天晚上凌晨三点的时候，手机在暗夜中爆响起来，我接过，竟然是领导打来的。领导几乎疯癫地喊着：我操他妈，真是老天有眼啊，恶有恶报，我操他妈的，想卷老子的钱，老天有眼啊。我问领导怎么了。领导嘿嘿笑着说：小刘，事到如今我也不瞒你了，我给每个员工都打电话说了，老洪移民，用的是我的钱，他贪污了我一百多万，可惜呀，天网恢恢，天网恢恢，我刚得到消息，老洪坐的那架飞机坠毁了，北京时间晚上十点钟，无一生还，哈哈，疏而不漏，就差一百里地，这小子就要到了。

我放下电话，再也睡不着了，因为就在临睡前，十二点一刻的时候，我才收到一个陌生号码发来的短信，短信上写着：已到新西兰，风景比照片上还好，再见吧。老洪。

# 晚饭吃什么

# 1

晚饭吃什么？

我在地铁站站口接到老婆，她劈头就问。我愣了半天，才从嘴里憋出两个字：米饭。不吃米饭还能吃什么呢，面食又不会做。

米饭米饭，我问的是吃什么菜。想好了直接把菜买回去，要不还得下楼。她有点儿不耐烦。

哦，你想吃什么？

我要知道吃什么还问你干吗？不是有点儿，她是很不耐烦。

我……也不知道，要不就在外面吃完再回去吧，你说呢？

虽然我很小心翼翼，但这句话还是彻底惹怒了她。她把手里的包一扔，喊起来：什么在外面吃？外面的东西全是毒，全是地沟油苏丹红，你是想毒死我啊？结婚前天天在外面吃，结了婚，还在外面吃，这个婚还结它干吗？

我不知道她今天火气为什么这么大，类似的对话，几乎每天都会发生一次，然后有一个人实在撑不住，说买点苦瓜吧，炒鸡蛋，或者买点排骨炖一下，晚饭吃什么的问题就解决了。可今天似乎不行，今天一切都不顺当。

我也火了：吼什么啊，谁惹你了啊？

真正的麻烦就是从这里开始的。


如果我当时冷静一下，事情就不会按照这个路子发展下去了。比如说，我应该想到老婆很少这么发火，她向来都是温顺的性格，除了怀疑我跟哪个女人有猫腻这件事，她从来都不会急躁；再比如说，我注意到了她的反常，能忍忍而不是吼起来，随便说晚上炒个土豆片之类的，这一天也许就如往常一样过去了。但是我竟然没控制情绪，或者说是没控制住情绪。

原因其实一点都不复杂，自从单位里的一个老员工老洪卷了领导一笔钱飞到国外之后，单位的气氛就一直很紧张。领导先是把财务部门的人循序渐进地辞退，招了一批新人进来，然后严格执行了报销刷指纹制度。见过上班刷指纹的，还真没有报销刷指纹的，报一次钱除了逐级签字外，还需要本人、部门领导和主管领导三个同时刷指纹才行，同时。

我们都知道领导被老洪伤着了，一百多万，虽然领导资产雄厚，也不差这点钱，可丢的不仅是钱，还有尊严。因为这件事，领导还进了一回医院。

老洪平时和我关系不错，我们总是一起吃午饭，勾肩搭背。大家对我也多了防备，觉得说不定我跟老洪之间有什么秘密交易。我有口莫辩，也不能辩，越辩越黑，只能在心里骂老洪。

这天中午，我拉着科长去报销，结果因为搞错了一个小数点，被财务总监狂骂了一通，继而被科长和主管领导狂骂了一通，钱没报出来，这个月的奖金还被扣掉了。然后这件事被大领导知道了，还有就是，不晓得什么时候，他还知道了老洪给我发的那条短信。就是老洪卷了钱飞往新西兰的那天深夜，一个陌生号码发来的短信，短信上写着：已到新西兰，风景比照片上还好，再见吧。老洪。

大领导认为老洪并没有真正消失，我就是他安插在国内的眼线。大领导找我谈话，言语之间暗示我告诉他老洪的消息，我只能装糊涂。我出办公室的时候，大领导在我身后冷笑了一下，我一哆嗦。其实自从收到那条短信之后，我再没有过老洪的任何消息。

这些都是倒霉事，最倒霉的是跑到新西兰逍遥去的是老洪，留下我在这里替他背黑锅，一想到他在遥远的异国过着悠闲的生活，我就很烦躁。我得承认，如果我有能力有机会，我也会像老洪一样去做。我没有，就算是我有，也没有那个胆量，因此只能老老实实地上班，老老实实当老洪的替罪羊。

这一架从地铁口吵到家，没吵出任何结果。进屋后，老婆趴在床上哭，她越哭我越烦躁，心里的火气就越大，点点滴滴的毛病都涌出来了，可是一想到如果我继续和她吵，她不但要哭，还要闹，还会给我家和她家的每个人打电话，然后这些人会不停地给我打电话来劝我。我想算了，小不忍则乱大谋，忍吧。毫无障碍，嘴里就溜出了道歉的话，对不起我错了，我不应该吼你，我更不应该问你晚饭吃什么，我应该提前就想好吃什么……一般情况下，我道半个小时歉，再答应她买个什么稍微贵一点的东西，她就会从床上坐起来，冷着脸：我能相信你吗？你说我能相信你吗？能能能，我赶忙说，你完全可以相信我。她摇着头，不，我不能相信你，你还会这样的。我继续道歉，如此三番几次，她觉得饿了，或者想洗澡了，这件事也就算过去了。但这天不行，我道了半天歉，她依然伏在床上哭，我上去抚摸她的后背和肩膀，努力做出一种安慰状，其实我不知道这些动作有什么意义，可不这么做又不知道干什么，只好这么抚摸下去。

她抽泣着，哽咽。我不知该怎么办好，想起来两个人都还没吃饭，就说，你休息会儿吧，我去做饭。

我逃到了厨房里，把厨房门关上，打开冰箱，就闻到一股难闻的冰箱味，熏得我有点儿恍惚。我知道每家

105

冰箱的味道都不好闻，可就算同一个牌子同一款的两个冰箱，放同样的东西，它们的味道还是不一样。每个家庭的冰箱都是相似的，但却各有各的味道。冰箱里只有两个土豆，冷冻层里有半只鸡。我把鸡拿出来，又从刀架上抽出菜刀，想把鸡剁成块。菜刀在手里沉甸甸的，握着它，我忽然有点冲动，想冲进屋里把还在哭的她砍一刀，然后也砍自己一刀，世界就清静了。当然只是想想，刀刃奔着冻得硬邦邦的鸡下去了，只砍进去一点儿，冰碴飞溅起来。我告诉自己别胡思乱想，好好做晚饭，这该死的晚饭。

折腾出一身汗，我终于把鸡块和土豆炖到了锅里，也蒸上了米饭。我隐约听见她还在哭，我本来以为这么长时间，她应该睡着了，至少不会哭得这么大声了，可是声音还是很大。厨房里已经没什么活儿可干了，但我不想出去，我一出去就得面对床上那个哭泣的她，让我束手无策的她。

但是老躲在厨房里有什么用呢？

锅很快开了，咕嘟咕嘟冒着热气，我掀开锅盖，看见里面的鸡块已经全部融化，颜色变暗，在热汤里翻滚着。我盖上锅盖，蒸汽让我的眼镜蒙了一层水雾。我摘下来，听见哭声停止了。她从卧室里出来，进了卫生间，很快响起了淋浴的声音。我长长舒了口气，她终于开始洗澡了，只要她洗澡了，就证明这次吵架最艰难的部分已经过去了。

我忽然有点儿高兴，鼻子里一下子就闻到了锅里鸡块的香味，电饭煲叮的一声，提示米饭也好了。已经晚上八点，肚子不管你的情绪怎么样，它总是要按时饿的。

老婆从卫生间出来的时候，我刚好把土豆鸡块和米饭摆在饭桌上。

吃饭吧，我说，都饿坏了。

她头上还包着毛巾，坐在了椅子上，一声不吭地开始吃饭。

我也坐下吃饭，问：咸吗？

她没说话，只是认真地吃饭。我看了看她的表情，什么也看不出来，她的脸好像扑克上的画像。

我再也没有心思说什么，也不知道该说什么，专心和没有煮烂的鸡肉做斗争。还能坐在一张桌子上吃晚饭，总是好的。

老婆显然还生着气，她吃饭，看电视，然后睡觉，就是不跟我说话。我跟她说什么，她总是淡淡地答应一两句，嗯，哦，哼，噢，啊。这是她惯用的冷战手法，她知道这能惩罚我，折磨我。对我来说，不管两个人吵架多么凶，只要互相道歉把事情讲清楚，只要把情绪稳定下来，事情也就算过去了，很快就能恢复正常。对老婆来说不行，她的情绪会持续很长一段时间，有时候甚至长达一个月。有好几次，我们都把为什么吵架忘记了，她某天会突然变得很不开心，因为那种情绪又来了。我最怕的就是这种，所以每次吵架之后，不管自己多么愤怒，总是第一时间道歉，希望这种情绪能被尽快清除。

她背对着我睡了，我却陷入了少有的失眠。我有些懊恼，这一次吵架完全没有必要且无聊，仅仅是为了晚饭吃什么。

我想起刚工作的那年，我跟老婆还没有结婚，但是租房住在一起了。那时候，两个人才研究生毕业，还在还上学时贷的助学贷款，经济很紧张。每周只有周五晚上，我们才能去小饭馆吃一顿好的，多数是点几个菜，我喝一瓶啤酒，她喝一瓶杏仁露。那时候，吃什么都那么满足。有一次，我在公交站台捡了五十块钱，是一个人上车时从口袋里掉落的。我捡起来想还给他，可公交车已经开出了很远，我无法追上。我跟老婆商量该怎么办，老婆说追不上就追不上吧，打车追过去也没必要啊。那天晚上，我俩又下了馆子，多点了一份肉菜，多喝了一瓶啤酒，这顿饭吃得多么痛快啊。

那时候为什么就这么开心呢？吃两碗酸辣粉开心，吃几串麻辣烫开心，吃一个小火锅也开心，似乎就算吃进去的只是泥土和石块，都是开心的。有时候，穷是一件多么好的事情，它让你心无旁骛，让你获得了最基本的生存能力之后，就可以全身心地去享受了。

我跟老婆认识，是在北京联合大学西土城那个校区里。那一年，我准备考研，报了一个政治辅导班，她是我的邻座，就这么认识了，留了手机号。后来发现，我是中国石油大学的，她是中国地质大学的，两个学校的校门就隔了一条马路，校园里的两个毛主席像彼此能看见对方的手。很快，考研这个一致的目标就让我们熟悉起来，为了督促彼此，我们一起去上自习，有时候是在她们学校教室，有时候是在我们学校教室。有一天晚自习之后十点多了，我穿过马路去送她，在两个毛主席雕像之间的距离里，我一直想该怎么表白。最后在她们学校的毛主席雕像下面，我告诉她：如果我们两个都考研成功了，就在一起。她听了愣住，但是点了点头。

我那时候太傻了，我根本就没问过她考的是哪个学校的研究生。

我们都考上了，我是本校，她去的却是天津大学。

分别的那天，她跟我说，她也喜欢我，但是有缘无分，我们如果在报考之前认识就好了。


我转头，看见了老婆熟睡的侧脸，很安静。她脸上没有了睡前那种被坏情绪支配的冷，而是变得十分柔和，胸脯也随着呼吸一起一伏。

老婆，那时候我们是多么开心啊。我小声说。

她没有声音，她在梦里。

看着她熟睡的样子，我忽然确定了自己是爱她的。

在这之前的很多次吵架，很多次冷战，很多次发生矛盾，我感到了心力交瘁，就想也许我们并不太适合，也许我们没法走到最后。可是现在，当我看着她睡着的样子，我想我是爱她的，不管醒来后她的脸多么冷漠，不管她是否还会无缘无故地怒吼，只要她睡着了这么安静，像一个孩子，我就会爱她。

或者吧，只要你们还能坐在一起好好吃顿晚饭，那么你们的婚姻就还是有救的。

## 2

她怀孕了。

就在那次吵架之后两周，老婆查出来怀孕，已经快三个星期了。

从医院里出来，老婆很高兴，但坐在出租车里时就开始捶我。她说我都怀孕了，你为什么要气我呢？你不是在气我，你是在气我们的孩子你知道吗？我快速地点着头，说我不好，我错了。我知道，从这以后，我再也不可能对了，她肚子里有我的孩子啊。一个女人肚子里怀了你的孩子，就等于是怀着绝对真理。

一个小时前，我在妇产科诊室外等老婆，她进去了好一会儿才出来。第一句话就是，大夫说了，让我以后千万不能生气。我一愣。她接着说，因为我肚子里有宝宝了。我刚要亲她一下表示我的兴奋，她挡住了我的嘴：小心点，你的牙周炎别传染我。我挎着她的胳膊往外走，似乎她的肚子已经鼓起来很高了。

在出租车上，我忽然想到了一个严肃的问题，刚要张嘴问又咽了回去。我想问她晚饭想吃什么，但鉴于上一次大吵就是因为这个问题，而且现在她怀孕了，作为丈夫，我似乎应该天然就想好该吃什么，这是我不可推卸的责任。可是，我哪里知道一个怀孕三周左右的孕妇该吃什么呢？在外面吃显然不可能了，回家做饭，现在已经下午五点，路上还堵，到家至少六点半，再买菜做饭，七点半能吃到嘴里已经是快的了。问题是，为了到医院做检查，中午我俩就吃得很简单，这会儿已经饿了。

她只是摸着自己的肚皮。自从医院里出来，她的手就没离开过肚皮。女人一旦怀孕之后，一定会变得特别敏感的，她突然说：他在动。我吓了一跳，问谁？他，老婆说，我们的孩子，我能感觉到。不可能，我说，他现在还不如一颗黄豆大呢。

老婆瞪了我一眼，你不要这样说他，我知道他现在还很小，可是我已经能感觉到他了，真的，我觉得他好像正从一个很远很远的地方向我们走来，我能看见他模糊的影子，他会越来越清晰。

我不敢再说什么，老婆的情绪已经被这个问题弄得有点混乱了。事实上，我也是，只是我无法像她一样什么都不去想，我得规划一下接下来的生活，比如她上下班的问题，比如各种注意事项，比如每天应该吃什么，等等。

晚饭吃什么？老婆突然问我。

我一愣，好半天不知道该怎么说，正犹豫着，她接着说：我想吃涮羊肉。

涮羊肉？好，咱们就吃涮羊肉，去老灶火锅。我让司机赶紧左转，去离家比较近的那家老灶火锅。我怕她改主意，赶紧拿出电话预订位子。

我们吃了涮羊肉。接下来一个多月的生活，我发现自己变得快乐很多，一部分是因为小生命的出现，我们不得不努力把生活里的那些不愉快的情绪压下去，然后发现有些郁闷其实是小题大做，自作自受。另一个原因就是，老婆似乎变得特别爱吃东西，很多以前她不喜欢吃的水果，比如火龙果、猕猴桃之类的，都喜欢上了。我几乎再也不用想吃什么的问题，她总会提早就告诉我想吃什么，我所要做的就是把她需要的东西放在她面前，看着她吃，她吃剩下我吃。我一个月长了八斤，比我们的孩子长得快多了。

但这种好日子没有持续太久，怀孕九周左右，老婆就开始了强烈的孕期反应，主要是恶心和呕吐，这让她情绪很差。她对食物有超常的欲望，但痛苦在于她无法真正享用这些好吃的东西，不是之前想吃想得要发疯，东西送过来却没了胃口，就是刚吃一点就不得不吐出去。

我的嘴里似乎永远是呕吐物的味道，她哭着说，我们的孩子现在正在挨饿。

我没办法搭话，这事既不能安慰，也不能做什么。有很多个时刻，我都希望自己是那个怀孕的人，那个痛苦的人。

有一天晚上，我睡得很熟，却突然间感到窒息，从熟睡中醒来，我发现自己的头上压着一个枕头。我非常惊恐，一使劲把枕头抛掉。摁着我的是老婆。

怎么了？我很迷惑。

我要杀了你。她说着又拿起了枕头。

我一身冷汗，赶紧跳下床，打开灯，发现她满脸泪痕。

我要杀了你，我要杀了你。

你……为什么？

我睡不着，可你睡得那么香，还打呼噜，我受不了，我要杀了你。

我有点担心，她可能患上了轻微的孕期抑郁症。老洪跟我说过，他老婆怀孕的时候就有点抑郁，脾气暴躁，情绪波动特别大，很容易就歇斯底里。我走过去，抱住她，她起先还挣扎，后来很快伏在我的肩膀上。我不知道说什么，也担心一说就错，于是就什么也不说，拍着她的脊背。不一会儿，她止住了哭泣，竟然伏在我的身上睡着了。

我把她抱到床上，她翻了个身，我却不敢再睡了。我听见蚊子在嗡嗡叫着，就打开灯，满屋子打蚊子，打死了十几只，有的已经吸饱了血，有的还是瘪肚子。我忽然间有点惶恐，床上躺着的这个女人，肚子里怀了我的孩子——这就是说，我才真正意识到自己要当爸爸了，从此我在这个世界上再也不算是后来者了。而且这件事，将永远不可逆转。

　　我就这么看着老婆，她的肚子还没有鼓起来的意思，但我知道，就在她腹部的子宫里，我的精子早已经攻破了她的卵子，它们正在一起孕育一个他或者她，一个生命就这么诞生了。我忍不住假想一下，自己在母亲的子宫里的情形。我还想亲一下她的肚皮，但她的手始终放在那里，只好作罢。

　　因为睡得不好，第二天起床迟了，上班也迟到了，科长不是很高兴。我跟他说，老婆怀孕，他"哦"了一声，表示理解。科长说，以后有事要打招呼请假，这次就算了。我有点受宠若惊，就想，看来领导也有同情心。

　　然后我就听说了公司要裁员的消息。这个消息是从微信上一点点蔓延开的，本来昨天晚上就有消息放出来，说总公司要裁员百分之十，但我把那个同事微信群屏蔽了，没看到。我走进办公室，打开电脑，就听见对面的小娜说，还是我们小刘淡定。我不知道怎么回事，问：啥意思？不就迟到了吗，大不了扣奖金，有什么不淡定的。小娜说，迟到？同屋的其他三个人也都竖起了耳朵。对呀。我说，难道还有别的什么事？小娜咳嗽了一下，说噢噢，没事没事。我当然能听出来有事。旁边的海波冷笑一下，小刘，你是沉得住气，不愧是老洪的哥们。

　　我的手机突然亮了一下，提示我有微信，我赶紧打开看，是薇薇发来的：你怎么回事？没看微信群啊，赶紧看。薇薇是小李辞职、老洪走了之后来的，也是在他们俩之后跟我关系最好的同事，只可惜她是个女的，不能经常一起混，但我俩在QQ、微信上很热络。我觉得薇薇属于那种单纯的九〇后女孩，对什么事都没什么坏心眼，也没什么追求，她的人生理想就是没有任何理想，不对，也不能说没有，应该是所有女孩子都有的理想——减肥。薇薇其实也就一百五六十斤，个头也不矮，看起来并不算胖，属于丰满那种。但她就是觉得自己胖，她认为如果瘦下去一半，她就能去参加CCTV的选美。为了这个理想，她经常不吃午饭，也不吃晚饭，每周去健身房做减肥瑜伽，但是她的肉一点儿也没减下去。

我跟薇薇关系能走近，是因为她刚来不久，办公室凑份子欢迎她时，我帮她解了个围。大伙准备按约定去吃饭，但是薇薇很直接地跟张罗的小娜说：不好意思，我不吃晚饭的。小娜很没面子，好心好意给你接风，你竟然这样。我赶紧打马虎眼，说不吃饭咱们去唱歌，KTV里有自助餐，想吃的就吃，不想吃的就唱，这件事才顺过去。第二天薇薇给我发微信，说谢谢你刘哥，昨天要不是你，我第一天上班就把同事得罪了。我说没事，以后有什么不懂的就问。这是句客套话，但薇薇当真了，什么事都来问我，我知无不言地告诉她，一来二去也就熟了。

我赶紧打开微信，才发现那个背着领导和人力资源建的微信群里已经有几百条信息了，快速翻了一遍，我搞清楚了，因为今年整体业绩下滑，加上总公司业务调整，我们分公司可能面临着裁员。传说中会被裁掉或合并的部门，第一个就是我们宣传部门。每次公司开年会，都有人对我们的存在表示不满：公司的某些部门从来不创造一点价值，就知道瞎忽悠，每年花那么多钱养一堆闲人。我们只好闷着头喝酒吃菜，是啊，我们确实没创造一点实际价值。我们这几年唯一做的让领导觉得有点用的事，是在老洪卷走了钱之后，不知道谁把这事爆料在网络上，引起了轩然大波，然后我们和公关公司一起把这个事故讲成一个故事，公司不但没受影响，反而还赢得了口碑。

说起这个，我觉得有点对不起老洪，为了完成这个任务，我一定程度上出卖了老洪。老洪卷了领导的钱跑了，被我们说成老洪为了给生病的孩子治病挪用了公款，公司得知真实情况后决定不起诉老洪，那笔钱就当是善款了。这篇知情者口吻的帖子是我写的，正是这个帖子帮助公司迅速扭转局势，化解了危机。

帖子发出来不久，小李子找过我一次。今时不同往日，他现在已经是中关村附近的烤串王了，他不但支起了四个鸡蛋灌饼、麻辣烫摊，还开了两家烤串店。小李子的第一笔钱是从他工作的工行贷出来的，刚好赶上新政策大张旗鼓地鼓励创业，他创了，而且创成了。小李子很有自己的一套，自从他因为群众（他一口咬定是对他羡慕嫉妒恨的老洪干的）举报，鸡蛋灌饼车被城管没收之后，他在中关村附近调研了三个月，不但掌握了这附近方圆十公里内的煎饼摊、麻辣烫摊、烧烤摊的基本分布情况，还归纳了城管的执勤规律。根据他的调查，不管经济形势怎么样，这种小摊位几乎都不受影响，它们不是那些高档大饭店，一反腐败就营业额下降，它们都是老百姓必不可少的早餐消夜，一顿都不会少。

小李子换了一辆宝马，把我约在了他的一家烧烤店，说是好久不见，喝点。

喝了四杯扎啤之后，小李子摇头叹息：唉，老洪可惜。

我发愣，说：啥意思？

小李子说那次的事，我知道是老洪跟城管打的报告，但不恨老洪，反倒有点同情他。

我干了一杯酒，说：人家现在逍遥得很，你也牛逼，成大老板了，就我还原地踏步，不但原地踏步，还得给老洪擦屁股。

小李子红着眼睛说：小刘，我今天找你就是为了这个事，哥们觉得你做错了。

我做错啥了？

小李子拿出手机，找到那篇帖子给我看：你不该这么糟蹋老洪，咱们好歹是哥们啊。

我不知该说什么，悻悻地说：你这羊肉串是羊肉吗，一点羊肉味都没有。

小李子往椅子上一靠，说：我真是怀念咱们仨一起游逛在中关村大街上找午饭吃的那些日子，怀念啊，吃食堂都好，那时候穷，可那时候老洪是老洪，你是你，我是我。现在呢，我们都不是自己了。

矫情，你这就是矫情，贱人就是矫情，有钱就是矫情。我骂他。

那天晚上我们喝多了，说了很多老洪的事。

小李子说，小刘，以后别再黑老洪了，咱们是哥们。

我搂着他的肩膀，使劲地点头。

我不能得罪他，如果真被裁掉的话，我想我最可能的出路就是去找小李子，去他的哪家烤串店干活。可是我不能去，我老婆不会让我干这个的。出去见朋友，她总跟人介绍说我是公司宣传总监，其实就一个小职员，我知道她好面子，不可能接受自己的老公是个烤大腰子的。更重要的是，她刚刚怀孕我就丢了工作，这日子还能过下去吗？

中午，薇薇破天荒地给我发微信，说等会儿在附近的美食城见。薇薇向来不吃午饭，约我在美食城见，肯定是有事情说。

我到美食城的时候，看见薇薇坐在靠边的一张桌子旁，桌上已经摆了一大盆麻辣香锅，鲜香麻辣。薇薇招呼我坐下。我看着麻辣香锅，说：你怎么点了这么多，你又不吃午饭。薇薇说，刘哥，我要吃。我们就开始吃饭，薇薇吃了几口青菜，突然一抬头，眼睛里有泪珠。我吓了一跳，咋了？有那么辣吗？

刘哥，你说我会不会被裁掉啊？薇薇说。

我一愣，说：薇薇，这件事我今天早晨才知道。

咱们部门如果裁掉一个人，只可能是我，我来得最晚，资历最浅，还老犯错误。

那也不一定，我安慰她，谁都有可能，你年轻，又是硕士毕业，再说了，咱们部门很多老人还不就是等着混退休，什么活儿都不干，公司要裁，也应该裁他们。

薇薇给我夹了一块肥肠，说：反正我觉得裁谁都不会裁你。

为什么？

你那么能干，薇薇说，其实你早应该当上部门领导了，我都替你委屈。

我心里一堵，嘴里的肥肠就吃出一股奇怪的味道，勉强咽下去。

我看见了，今天早晨你和领导说悄悄话了，他是不是告诉你了？

没，我迟到了，刚好被领导碰见。

刘哥，你跟我还有啥不能说的？薇薇盯着我问。

你今天找我就说这个啊？

薇薇又给我夹菜，说：刘哥，你说咱们要不要给人力的送点东西？

我很颓废地放下筷子，说：薇薇，裁员这个事，我是真不清楚，你别问了，行不行？

好好，我不问了，薇薇放下筷子，没想到你是这么一个人，钱我都付过了，你吃吧。

薇薇拎起包，气鼓鼓地走了。我一个人面对着一大盆麻辣香锅，却一点胃口也没有，我没想到一次偶然的迟到，竟然让薇薇以为我和领导有密谋。如果薇薇都这么想，那其他同事只能有过之。

我回到办公室，大家都没抬眼看我，似乎一切都跟往常一样，但我能感觉到，气氛很紧张。这种紧张，既是因为裁员的传言闹的，也可能是因为他们觉得我知道内幕。但我又不能解释，这种事肯定越解释越黑。我刚坐下，办公桌上的电话响了，我接起来，一惊：人力找我？

办公室四个人敲击键盘的声音立刻停了，但谁都没有抬头。我放下电话，走出了办公室。

两周后，公司裁人的风声终于落实了，宣传部没有人离开，是宣传部没了，整个并到了公关部，新称呼叫宣传办公室，由公关部部长负责。对我来说，更重要的是宣传部的部长成了公关部的副部长，明升暗降，我却一跃成了宣传部办公室主任。这事不但超出我的预料，更超出同事的预料，但合并决议下达那天，我的短信微信和QQ上，接到了几十条祝贺消息，每个人都很热情，都很真诚。只是在所有的微信群、QQ群里，没有一个人讨论我的事，他们讨论的是其他人职位的变动。

我回去跟老婆报告好消息，她有点儿不敢相信，历数了我在单位的无能和无用，说，你们领导脑子进水了吗？我有点生气，觉得就算我是这样的，作为一家人，她也应该祝贺我而不是打击我。我压抑着心里的不快，跟老婆说，工资每个月能涨五百多呢。她还是不为所动，递给我一张广告纸，上面是一家母婴用品店的广告，各种奶粉、奶瓶、纸尿裤，全都是价钱不菲。我明白老婆的意思，涨的五百块钱，将将够买一桶进口奶粉的。这件事，我们讨论过，我的意思是，孩子没必要非得喝进口奶粉，国产的也行。老婆一听就冷笑了一下，说，我没想到啊，你对我狠也就罢了，你对自己的亲生儿子都这么狠，国产奶粉，你想让他喝三聚氰胺？你想让自己的孩子变成大头娃娃？你这是胡搅蛮缠，我想反驳，可这句话到了嘴边又吞了下去。

这不是很多人都在喝国产奶粉吗，都没事，咱们小时候哪来的奶粉喝啊，喝米汤都长大了，身体也挺好的。为了证明自己的话，我还撸起胳膊，绷紧自己若隐若现的肱二头肌，只有小小的一块，我自己捏了捏。

老婆叹口气，说，我不和你啰唆了，总之我的孩子就算用不上最好的，也绝不能是差的。

事实上，不管是在单位还是在家里，我升职这件事都没那么重要。有一个周五，我跟老婆说加班，下班后没回去，自己偷偷跑到自助火锅店猛吃了一顿，那儿的酒不需要单独付钱，我喝了很多，白酒啤酒红酒一样没落。火锅里的羊肉翻滚着，我看着窗外北京的夜色。夜晚啊，一切都那么美丽，可一转头，火锅的热气蒸到了眼睛，我觉得整个世界一下子湿润起来，用手抹了一下，才发现脸上的水不仅仅是蒸汽，还有眼泪。

我怎么哭啦，怎么能哭呢？初中的时候，我们为了考试，为了将来能过上好日子，记住了多少身残志坚的故事，背了多少扼住命运的喉咙的话啊。甚至我还记得，复读班的时候，夜里躲在被窝，用手电筒看盗版的《平凡的世界》，深深为孙少平面对苦难时的态度而感动，看着他被石头压得伤痕累累的脊背，觉得自己就是要过那样的生活。可是现在怎么了呢？我活得比孙少平好那么多，却一点儿也不比他幸福，甚至感到活着的烦躁和绝望。

那天晚上，我喝多了，真正喝多了，一路迷迷糊糊回家，却发现老婆并没有睡。

她在等我。看见我醉醺醺地回来，她刚要发火，又忍住了，给我倒了一杯茶，还切了一块西瓜。我吃完就倒在了沙发上，睡着了。

第二天，我醒来的时候，她已经出门了，给我留了一张纸条。我看了看，老婆说她去上产前培训班，让我自己吃早餐。我找了面包，热了牛奶，端到餐桌上时，看到有一本书放在桌子上，随手翻了翻，是有关孕期注意事项的。我看见，在孕妇如何面对和调整自己的情绪变化那一章上，不但有很多折页，还有不少用笔画过的痕迹。特别是一些情绪暴躁、变化无常的词语下被画了好几道。我忽然明白，这本书是老婆专门放在这里给我看的。

一瞬间，我几乎忘记了宿醉的头疼，眼眶又有点发热，我想也许我和老婆关系最紧张的一段已经过去了。

喝完牛奶，仍觉得头疼，就到床上把那本书翻了翻，然后就睡着了。我做了好几个梦，有好有坏，只是醒来时一个也没记住。

下午去超市，买了不少菜，晚饭要好好吃一顿，这顿晚饭对我和老婆来说很重要。

从三点钟直到五点半她进门，我一直在厨房忙活，该洗的、该切的都已经准备好，就等着点火下锅了。

老婆回来，打了招呼，我让她先歇着，饭一会儿就好。她坐在了沙发上，窝在那里养神，而那本书就放在旁边的茶几上。这是我故意放的，就是想告诉她我已经看过这本书了，我也明白了她的意思，并且接受了她的道歉和暗示。我想她也会明白我的意思的。我把厨房门关得紧紧的，抽油烟机开到最大，才打着火热锅里的油，很快又刺啦一声将沾好淀粉的鱼顺进锅里。我要做一条浇汁鱼，我还炖了排骨，一个蚝油生菜，一个拍黄瓜，一个木须肉，一个土豆丝。

晚饭吃得祥和安静，每样菜老婆都吃了不少，我们还用果汁碰了杯，甚至还敬了肚子里的孩子一杯。我们各自都感觉到了，夫妻之间的关系进入到了一个新阶段。后来我回望这一刻，才明白是到了这个时候，我们两个人才真正接受了有孩子的这个事实。在过去那段时间里，我们表面上看不出什么，但实际上都被这个突如其来的小生命给吓到了。

这天晚上，我们睡在了一张床上，我搂着老婆的时候，有点陌生感，可这陌生感突然刺激了我沉睡许久的性欲。我想起那本书上的一页，写着孕期夫妻之间也可以过性生活，那一页也折了角。我们缠绵在了一起，有些急切但又小心翼翼地做爱，似乎生怕惊醒肚子里那个还没成形的生命。因为隐忍，妻子快感的叫声显得更让人激动。

结束了，我们躺在床上，仿佛做了一场梦。老婆谈起了这顿晚饭，说她最喜欢的菜就是土豆丝。在之前，她最讨厌吃的就是土豆。

你喜欢吃我再给你炒，我说。

明天吧，明天晚上还吃土豆丝。

嗯，我搂了搂她的肩膀，把手放在了她的腿上，转而游走到她的肚皮上。我开始抚摸她的肚皮，那上面已经开始显出一条褐色的纹路，从肚脐一直往下延伸，或者说是从下面那条沟壑和毛发中延伸出来的，像一处溪水漫流。

她睡着了，安静地睡着了，我再次看着她，再次觉得自己确实是爱她的。是啊，当你看着一个人安静地睡觉的样子，并不觉得讨厌和厌烦，甚至还觉得这是挺美好的事，那你就是爱她。


3


尽管我们做足了各种准备，但孩子的降临，还是显得非常突然，整个世界都不够用了。不对，是孩子把所有你不想放在一块的东西全都归拢在一处了，比如婆婆和媳妇、母亲和丈母娘。为了照顾孩子，也为了照顾老婆，两家的老太太都来了，挤在只有五十平方米的小屋子里。我提前和老婆商量过了，两家老人都来，必然会出现矛盾，最好是明确分工，奶奶主要负责照顾孙子，姥姥负责照顾老婆。老婆表示同意。这安排很符合实际，但矛盾还是不可避免，而且不是产生在最应该发生矛盾的人那里，反而是最不应该闹别扭的别扭起来了。

姥姥看似只在照顾老婆，可心思早就延伸到了孩子身上，她每天给女儿熬各种各样的汤来喝，说既能尽快恢复身体，又能保证奶水充足。但老婆因为胀奶，不敢喝太多有营养的东西，两人就这么吵了起来。我这边也一样，我跟奶奶也经常吵架，为的是一些旧习俗的事情，比如她总想着给孩子把腿裹起来，说这样将来腿直。我跟老婆像是两个自身着火的灭火队员，分别杀到对方的领地去喷洒二氧化碳，但那潜藏在身体里的火苗，却怎么也不可能彻底熄灭。

有一天晚饭的时候，岳母再次端上了猪手汤，让老婆全部喝掉，老婆忍不住吼起来，还把碗摔了。我连忙劝说，岳母却开始大声数落老婆，说完全不明白她的心思，自己大老远跑来照顾她，她不领情，甩脸子。我又赶紧安抚姥姥。奶奶在旁边假装没事人，说哎呀，白瞎一个大猪蹄子了。幸好孩子适时哭了，奶奶冲进屋里抱他，才没有形成一场大混战。

晚上睡觉的时候，老婆拉着我说，再也不能这样了，再这样下去她一定会得抑郁症的。我吓了一跳，前一段才听说一个高中同学生完孩子不久，因为抑郁症跳楼了。我赶紧说，不会的，不会的。可究竟怎么才能保证这种事不发生，却一筹莫展。

那时候，孩子已经六个月了，我跟两个老人说，自从生完孩子，老婆还没出去逛过街、看过电影，我要带她去转转。她们俩爽快地同意了。在电影院里，老婆突然想到一个主意：把她俩的工作换一下。

事情忽然有了解决的可能，自从换了工作之后，奶奶和姥姥才忽然发现彼此才是敌人，一个担心对方照顾不好自己的女儿，一个担心对方照顾不好自己的孙子，她们互相盯着，我和老婆只需要让事态保持平衡就可以了。

但最难的还是吃饭，两人一个南方一个北方，一辈子的生活习惯都不相同，一个口重，一个口轻，一个喜欢养生吃青菜，一个从来不吃青菜，饭桌成了每一天的矛盾集中营。

有一次，岳母炖了一锅排骨，味道有些咸了，母亲吃了几口很不高兴，说：这么咸，是要咸死谁呀？岳母愣住了。我赶紧拉住母亲的袖子，说还好啊，我吃着挺好的。母亲哼了一声，你？你在这个家里还有说话的份儿？我被噎得半天不知说什么，幸好这时候孩子又哇一声哭了，两个人都迅速放下碗跑过去看孩子。她们俩都清楚，谁第一个抱到了孩子，谁似乎就在这场争吵中获胜了。那个获胜的人，会抱着孩子一边哄，一边嘴里说些不阴不阳的话。另一个，就只能眼睁睁看着，等下一次机会。后来老婆告诉我，孩子是她偷偷掐了一下，才哭起来的。

无论如何，家里总算达成了和平，哪怕是表面上的平和。可正当我要松口气的时候，老家一个电话把一切又打回原形，父亲病了，住院了，母亲必须回去照顾他。母亲有点不甘心，但不回去肯定不行，岳母心里窃喜，可又不好表现出来，每天在饭桌上叮嘱老婆：你婆婆要回去了，别忘了买点东西给她带回去。或者逗孩子：奶奶不要我们小宝宝了，奶奶要回家了，你想奶奶吗？别想她，她都不要你了。母亲气得不行，好几次在厨房里拿着菜刀剁菜板：我剁烂了你这张臭嘴，你再能耐，孙子也得跟我们家姓。

我把母亲送到火车站，临上火车，她突然抱着我哭起来。儿子，母亲说，妈对不起你，妈是来帮你照顾孩子的，可老是跟你丈母娘斗气，妈对不起你。她一哭，我也眼眶发热，说，妈，别说这些了，回去好好照顾我爸。我从口袋里掏出五千块钱给她，她不要，说家里不缺，我说我回不去，总得为爸爸尽点孝，她终于收下了。

等了一会儿，车站广播说发车时间推迟半小时，母亲口渴，就让我去买瓶水给她。我去买水，回来却发现母亲在翻包。干吗呢，啥找不着了？我问。

母亲不说话，终于抽出了手，手里是一双小鞋子，一看就是她自己手工做的。

给孙子的，母亲笑着说。

你自己做的？我有点吃惊，还从来不知道母亲会这个。

母亲摇摇头，不是，我不会，我请你小姨帮忙做的，在家里没敢拿出来，你带回去吧，让孩子穿一分钟也行。

我接过来，点点头。这双做工稍显笨拙的小鞋子，看起来是那么可爱，我把它们放到了书包里，心下想，一定要给孩子穿，一定要告诉他这是奶奶给的。

母亲上车的时候，我能看出来，她强忍着眼泪。

火车带着母亲很快开走了，我出站的时候已经晚上六点。肚子饿，就到车站外面的快餐店吃晚饭，刚坐下，母亲的短信就来了：儿子，看看你的书包。

我打开书包，发现给母亲的五千块钱就在夹层里。我立马发短信：妈，你这是干什么啊。

母亲回了一条：我们不用你的钱，妈看见了，你们在城里活得也不容易。你爸的病别担心，好不了是命，好了是福。我再也忍不住，对着一碗拉面号啕大哭起来。

我回到家的时候，孩子已经睡了，老婆还在等我。

进门后，我依然沉浸在悲伤的情绪中，往沙发上一靠，头枕着手臂，一句话都不想说。

怎么了？老婆问。

没事，我说，有点累，姥姥呢？

睡了，老婆说，挺奇怪的，自从你们走了，她倒一直闷闷不乐的。

唉，这些老人啊，我叹口气，老婆，有件事我得告诉你下。

你给妈拿了五千块钱，你是不是想说这个？

是，你怎么知道？

你装钱的时候，我看见了，我想问你，可他姥姥拦住我了，让我假装没看见。

我把五千块钱掏出来，递给老婆：妈又偷偷塞回来了。

老婆愣住。我接着拿出那双小鞋子，妈做的，哦不，是妈找人给孩子做的，一直不敢拿出来。

老婆看着那双小鞋，沉默了几秒钟，说：老公，你说我们是不是太不理解她们了？

突然小卧室里当啷一声，把我们吓了一跳，赶紧推门进去，却发现孩子姥姥正猫腰撅着屁股在床和墙之间的缝隙里找什么。她摸到了，回过身，是自己的手机。她脸上有些尴尬，说：吵到你们了吧？

你干吗呢，妈？老婆问。

没干什么，没干什么，说着拿手机的那只手却把手机攥得更紧了。来了一条短信，手机振动，她的身体也跟着振动了一下。老婆一把拿过她的手机，打开，手机上竟然是母亲发来的短信：老姐姐，对不起。岳母回给她的是：妹子，我更对不住你。

我们看着岳母，岳母突然叹口气，坐在了床上。我和老婆已经预感到了，她和母亲之间有什么事瞒着我们。

## 4

岳母叹了半天气，终于开口了。

根据岳母的叙述，她和母亲之间确实互相看不惯，但这不对付并非只是生活习惯不同、性格不同那么简单，如果只是这些，她们还能做到表面上过得去。她们之间的矛盾，是因为一次蓄谋已久的意外。

孩子七个月的时候，领导派我和一个同事去上海出差，说是宣传部门也得接触点实际业务，要一周左右。我到了上海，就给家里打电话，接电话的是母亲，口气里透露着慌张。我担心地询问，母亲支支吾吾地说，孩子有些不舒服，我立刻急了起来，问她到底怎么回事。母亲说又吐又拉。我心急如焚，赶紧给老婆打电话，让她请假回去，她说她已经在路上了。

我买了机票，准备直接杀回北京，就在这时，老婆打电话告诉我，孩子没事了，在医院里做了检查，只是普通的肠胃炎。她还给我发了一张照片，照片上的孩子有些憔悴，不过眼神明亮。我稍微放心，就说既然宝宝没什么事，我也就不着急回去了，把事情办完再说。

可是，那天深夜，我跟客户应酬回来，发现手机里有一条母亲发来的短信：儿子，你睡了没？我疑惑母亲怎么这么晚了还没睡，给她回过去，说刚回宾馆。母亲又发来了一个字：唉。我想，估计是又和岳母斗气了，现在我不在家里，岳母和妻子肯定是一个战线，母亲感到了孤军奋战，就跟她说，我很快就回去。

我回到北京时，孩子已经完全恢复正常了。那天晚上，不知道为什么，岳母和母亲还有妻子都有些怪怪的，好像在隐瞒什么事情。岳母蒸的馒头很好吃，母亲炒了土豆丝、炖了排骨，我们第一次如此安静地吃晚饭。此前，总是岳母和母亲斗嘴，我和妻子四处灭火，但是今天大家都安静得像听话的学生。妻子大概看出了这种安静的反常，一边给我夹菜，一边问上海的事情办得怎么样。挺好的，我说，一切顺利。说完这个，我心里也咯噔一下，因为上海的出差毫无收获，我们努力争取的大客户当着我们的面选择了竞争对手。

晚上我偷偷问妻子，是不是还有什么事？妻子说没有，就是孩子病了，把大家吓坏了，最近都神经过敏。

我睡不着，胡思乱想，是不是孩子还有什么问题，她们不敢告诉我？第二天，我倒休，趁着岳母和母亲一个做饭一个洗衣服的空当，偷偷检查了一遍孩子的身体，很好，皮肤光洁，没有哪里有创伤，头上也没有。

后来，为了填补失去上海大客户的窟窿，我不得不开始经常加班，又忙又累，就把这件事给忘掉了。我忘掉的更重要的原因是，母亲和岳母又开始互不相让，一切似乎都回复原样了。

所以当岳母现在要告诉我什么的时候，之前的猜测和怀疑再次涌了上来。

岳母说，孩子，是我们对不住你。她终于告诉了我那天的事情。

原来，有一天，孩子哭闹着不吃奶，母亲就把奶瓶放在了厨房里，而此前担心放久了会坏，这部分奶会被倒掉。但是那天孩子午睡后醒得很早，一起来就饿了，岳母拿着厨房的奶瓶就给孩子喂了。当天下午，孩子就开始呕吐和拉肚子。岳母和老婆对母亲一阵攻击，埋怨她不及时倒掉没吃的奶，母亲无力反驳。她们带着孩子去医院的时候，妻子没让母亲进诊室。大夫询问孩子都吃了什么，岳母说了可能过期的奶，大夫问冲好了多长时间，岳母说一个多小时。大夫说，一般情况下，一个多小时的奶不会变质，而且奶瓶是封闭的就更不容易，还吃了什么？老婆很着急，问：妈，还吃了什么你赶紧说啊？岳母说，我看孩子这几天小便特别黄，肯定上火了，就想给他去去火，吃了一块柚子。大夫啪地一拍桌子，说，先不说吃完柚子喝牛奶会导致血压急速升高，就说你这套上火的理论都哪儿来的？大夫给孩子测了血压、心跳，又看了看其他体征，说不是大问题，是吃下去的柚子不消化，引起的肠胃反应。

这件事，妻子和岳母瞒住了母亲，而母亲一直以为是自己导致的孩子生病，也就不敢多嘴去问。

岳母说，对不起，其实都怪我。我听了心里一阵发紧，是因为孩子差点被药到，更是因为老婆竟然瞒着我这件事。我看了看岳母，说，没事，以后给孩子吃什么东西，先问问就行了。

见我没怎么批评她，岳母似乎有些意外，她讨好地问：晚上想吃什么，妈给你做。我说什么都行，你看着做吧，我还有点儿事，先出去一下。

我跑到了小区附近的洗脚城，找了一个小妹捏脚，自己闭着眼睛，回想整件事情。想来想去，孩子生病是一个意外事件，好几个因素导致的，但是妻子为什么要瞒着自己呢？她和岳母站在同一阵线能理解，母女同心，不是什么大事，可她为什么要瞒着我呢？我想，得跟她好好聊一聊了。

快七点的时候，我才回家。家里的晚饭一般六点开，这一天我是故意晚回去的。一进门，发现岳母和妻子正逗孩子玩，饭桌上放着几副碗筷，但没有菜饭。岳母看见我，说，回来了，我去烙饼。她进了厨房。

我到孩子旁边，他张着嘴，咿咿呀呀地说着我们听不懂的语言。

去哪儿了？妻子问。

转转，我说。

没事瞎转啥，不回来看孩子。她有些不满。

哼。我哼了一声。

妻子愣了，说：你怎么了？

我说，孩子的事，他姥姥都和我说了。

我盯着她看，想知道她听到这话会有什么表情。

哦。她说。表情没什么变化。

就完了？

还能怎么样？只要孩子没事不就行了？

那我妈呢？她可是一直以为是自己让孩子生病的，一直在自责。

这事说不清楚，谁知道到底是牛奶有问题，还是吃了柚子喝牛奶有问题？

我大吼一声，孩子吓得哇哇哭，岳母从厨房里冲出来，惊慌地说：怎么了，怎么了？

妻子就静静地看着我，她摇摇头：你就这点儿能耐，我真不明白，她怎么就看上你了，哦，对，不光是我眼睛瞎，别人眼睛也瞎。

她掏出一张照片来，是我和薇薇在接吻。

我闭上了眼睛，原来如此。

## 5

去上海和薇薇出差的，本来是宣传公关部的副部长，而不是我，但是出差前一天，因为副部长老婆住院，需要换人，薇薇就提出让我去。这也很正常，单位里男女同事一起出差天天有，何况我是办公室主任，只比副部长低一级。

我俩到上海的时候，有人来接薇薇，是她的表姐。下车之前，薇薇请我帮她忙，说让我假装她男朋友，因为她妈专门派她表姐来查证这件事。我忍不住笑起来，薇薇，你这演电视剧呢啊。薇薇说，刘哥，我也实在是没办法，最主要是我妈身体不太好，她正在立遗嘱你知道吗？如果我有男朋友了，她就能把我的名字加上，如果没有……

薇薇，我说，她是你妈，把钱留给你，和你有没有男朋友有什么关系。

薇薇突然挎着我的胳膊，小声说，帮帮我，求你了。

我心一软，就点了点头。

她表姐接到我们，就去吃晚饭，上海的本帮菜。很多口味偏甜的东西，连大名鼎鼎的蟹黄包也是，我不是太喜欢甜的。饭桌上，薇薇亲热地给我夹菜，看我的眼神真有点儿看自己男朋友的意思，表姐酒量好，很快就把我喝迷糊了。表姐问了很多问题，都是薇薇事前告诉我的，我一一回答。饭吃到一半的时候，突然有另一个声音冒出来，薇薇也吓了一跳：妈？薇薇的妈没有来，而是表姐一进包间就把手机打开了，给老人家电话直播呢。我吓坏了，这完全超出了我和薇薇的约定，看我脸色变了，薇薇马上让表姐关掉手机。

　　表姐笑着关了，说，行了，现在看起来是靠谱了。

　　吃完饭，表姐非要送我们回宾馆，在车后座上，薇薇悄悄跟我说，她是想看看我们是不是住一个房间。我的身体瞬间僵硬起来，这件事似乎已经超出了我的预想，像一条脱轨的列车一样，不知道会跑到哪里去。我想说不行，薇薇的嘴唇突然堵住了我的嘴唇，我从后视镜里，能看到她表姐的眼神。薇薇亲了我，但我并没有感到那种刺激感，她的嘴唇和舌头都明显是在完成一项任务，甚至我还发现她有点轻微的恶心，似乎在亲自己

144

特别厌恶的东西。

到酒店门口，表姐并没有进去，想是看到我和薇薇在车上就亲热起来，觉得放心了。

表姐的车一走，我马上问薇薇：你到底想干吗？

薇薇说，刘哥，困吗？

我打了个冷战，困什么困，薇薇，我们不能这样，这太突然了，而且……

不困的话，我们去酒吧坐坐吧。

哦……好。


在上海南京路的一家酒吧里，薇薇告诉了我她的秘密，她为什么一定要让母亲认为她有男朋友了。

因为她是个"拉拉"，也就是同性恋。

当薇薇说出这个词的时候，我还是非常吃惊的，并不是我对同性恋抱有偏见，而是我从未在自己的身边见过这样的人，也可能是见过但并不知道。而且，刚才她还吻了我。有那么一瞬间，我回忆了一下那个虚假的吻，也明白了薇薇的恶心是怎么回事。

我妈不会同意我跟一个女人生活一辈子的，所以，我必须有一个男朋友，至少证明我是个异性恋，这样她才能把我的名字加在遗嘱上。

我觉得自己有点被薇薇玩弄了，甚至整个上海出差都是一个圈套。

这时候，薇薇给了我一张照片，竟然就是在车上和我亲吻的那张照片。

刘哥，对不起，我得留点儿东西，不是不放心你，是以防万一。

我一口把面前的酒喝了，心里头苦笑了一下：这回好了，一个同性恋掌握了我和她接吻的证据，以后我都得受她摆布了。

薇薇又给我要了一杯酒，我摇摇头，说不喝了，再喝还不知道出什么事。

薇薇还是把酒杯端起来，递给我，用她的杯子和我碰了一下，说：刘哥，不好意思，我是真不喜欢男的，如果我喜欢男的，你帮我这么大个忙，我一定不让你枉担了虚名，如果你要钱，我可以……

我一摆手：薇薇，就这样吧，你的忙我已经帮了，你的事我全都会忘了，希望这张照片能很快消失。

你放心，薇薇说，完全可以放心。

只是，这张照片不但没有消失，还落在了我老婆手里。

我不知道她是怎么拿到的，问她也不可能告诉我，但总和薇薇脱不了关系。老婆拿出了那张照片，我才想起来，薇薇有两天没去办公室上班了。后来打听了一下，他们说她辞职了，因为有人说她是个拉拉。

我明白了，薇薇一定觉得这个消息是我说出去的，为了报复我，她就把那张照片传给了我老婆。

我想跟老婆解释一下，她很冷静地听我说完，笑了：我没想到。

我也没想到，我说，这就是农夫和蛇的故事，我帮了她，她恩将仇报。

我没想到啊，大力，你竟然还是个写小说的，这么复杂的故事你都编得出来。

我才明白，她的没想到是什么意思。

老婆……

她的巴掌已经打了过来：离婚吧，你知道我最痛恨的就是这种事。孩子归我，房子归我，有这张照片，法院不会便宜你的。

这时候，孩子似乎从梦中醒了，号哭起来，老婆进了卧室，门咔嗒一声锁上了。

我站在门口，想敲一下门，却停住，安静地听着她在卧室里细声细语地哄孩子。

宝宝，别怕，妈妈在这儿呢，不怕，妈妈也不怕，我们都不怕。宝宝，以后妈妈只有你了，你快点长大吧，宝宝，不哭，不哭，妈妈也不哭，哭什么呢？

我听见了老婆的啜泣声，听见孩子吮吸她奶头的声音，听见屋子里流动着的绝望。我知道，我的爱情，我的婚姻，我的孩子，都将离我而去了。

## 6

离婚一年后，我终于打听到了老洪在新西兰的地址，准备去找他一趟。

离婚时，房子和孩子都归了妻子，为了补偿我，她给了我二十万的现款，这么多钱是哪儿来的，我不太清楚。钱我存在银行里十万，另外十万每天装在双肩包里。我想出去走走，想来想去，就想到了老洪的新西兰。

这期间，我又去找小李子喝酒，作为大款的他，日子似乎也并不怎么快乐。小李子问我需要钱吗，我说不用，还够。那就没啥能帮你的了，他说，我只剩下钱了。我们是在一个韩国烤肉店见面的，小李子把一片五花肉放在箅子上烤着，五花肉里的油滋滋响着流出来。

你不觉得我们就跟这五花肉一样吗，躺在烧红的铁板上，一点一点把自己身上那点儿油水榨干。小李子说。

你成哲学家了，成功人士就是不一样。我喝了一口酒。

我们不可避免地再次聊起了老洪，聊起了一起在中关村附近寻找午饭的故事。才不过几年，就有点沧桑的意思了，那时候我们为了一碗好吃的面而激动不已。

现在，只有老洪实现了他的理想。我说。

小李子又去煎培根，培根油很少，很快就在高温下卷曲了。

你也是，小李子说，搞谁不好，非要在单位搞新来的薇薇，兔子不吃窝边草都不晓得。

我已经没心思解释这件事的来龙去脉了，因为没有人相信，薇薇消失在人海之中，除了她，没有人能证明这件事。现在就算薇薇跑出来说自己是个拉拉，不可能喜欢我，也于事无补了。

我冤啊，小李子。

那天晚上，我又喝多了，应该说了很多胡话。小李子把我送到了附近的如家酒店，就跑了。他第二天要去各种摊位小店收账，收账是他这几年唯一从来不会迟到的事情。

我醒来时，脑袋像块不停被捶打的石头，疼，木，涨。我发现床头留了张银行卡，还有张字条：小刘，我忙，不陪你了，卡里有两万块钱，你如果去找老洪，你俩买酒喝。

我心里一热，接着一酸，小李子这人行啊，老洪摆了他一道，他还记着请他喝酒。我洗了个澡，出了宾馆，外面竟然下起了雨夹雪，可也挡不住漫天的雾霾。

走在路上，我忽然觉得从天上落下来的非雨非雪的东西，就像是这大地上无数个我一样。我和那个蹬着三轮卖白菜的人一样吧，我和天桥上没打伞打电话的人一样吧，我和小汽车里开车的人一样吧。总该有成千上万个我才行，要不然我哪还有信心活下去呢？

就在胡思乱想的时候，我看见天桥上下来一个女人和一个孩子，是我前妻和孩子。

我的想法竟然是躲开，不知道为什么，我很想看看他们，可又害怕看见。她抱着孩子，孩子打着一柄小伞，沿着台阶走下来了。

我还是躲开了，躲在天桥的立柱下，看着他们母子走到地铁站，进了地铁。我追了上去，远远地跟着他们。

他们是去少年宫学舞蹈回来，我的儿子，这么小就要学舞蹈了，为了将来能进一个好一点的小学和中学。我看着儿子笨拙地举着一柄有小熊图案的小伞，他的样子变了不少，和我印象里的不一样了。我记得，离婚时商量过，怎么跟孩子说这件事。最后达成的协议是，就告诉孩子爸爸已经死了，在他刚出生时就死了。母亲得知后，高血压犯病住了半个月院，她理解不了我为什么要离婚，离婚就离婚，还房子孩子都给了人家，给了就给了，还要说自己死了。我知道为什么，因为我懦弱，因为我怕自己一去见孩子，就再也不会往前走了。

他们进了门洞，过了一会儿，我看见我曾经住过的屋子，窗帘拉开了，但拉开窗帘的，却是一个陌生的男人。

我赶紧离开。


两个月后，我落地新西兰的首都惠灵顿，然后坐大巴到了奥克兰，这里是华人最多的城市。老洪就在这里开车，大卡车，负责运送货物给各大酒店。我打电话说要去的时候，老洪说他不能去机场接我，因为他不能请假，请一天假要扣很多钱。我说不用你接，我一个人，走走转转就能到。

汽车到奥克兰的时候，是晚上，这里的空气很好，至少比北京好。一路上的异国风光并没有驱散我心里的沉重感，相反，距离反而加重了自怨自艾的悲戚。我本来也不是来旅游的，我就是想看看老洪，看看他过得怎么样。

我在汽车站等了一个小时，才接到了老洪的电话：出来，他说，出车站向右边走四百米，一辆白色的奥迪车，我不能停在车站门口，警察会把我罚倾家荡产的。

我找到了老洪。他戴一顶鸭舌帽，气色比在北京时好，看起来甚至年纪和我差不多。老洪开动汽车：回去。

老洪住上了他多年念念不忘的花园洋房，他的家是城郊一栋二层小楼，有院子，有车库，有地下室。和一般奥克兰人家不一样的是，老洪的草坪上种的不光有草，还有蔬菜，白菜长得很高，黄瓜也开出黄色的小花了。

我们进屋时，老洪说，就我自己，老婆带着孩子去夏令营了。

我看着老洪的房子，感慨说：老洪，你这房子在北京得几千万啊，土豪。

老洪耸耸肩。老洪啊老洪，你竟然学会了洋鬼子的耸肩。

说这个没用兄弟，不能这么比，这就是拿我在北京的房子换的，不多不少。

老洪烤了一只鸡，还拌了黄瓜，加一个排骨炖白菜。吃饭的时候，我拿出带来的二锅头，老洪看见，就抢过去对着酒瓶子亲了一口：真想这口，想疯了。

我们喝了两瓶二锅头，我一共带了四瓶，剩下的老洪要留着慢慢喝。以后我给你寄，我说，你想喝多少都有。

不知为何，两个人似乎约定好了，谁也不问谁过得怎么样，那些事情想起来都能叫前尘往事了。喝完酒，我们坐到老洪的葡萄架下，看着天越来越黑。菜地里，似乎有蛐蛐叫着。这是我一天最幸福的时候了，老洪说，就坐在这儿，看着我的菜地，听着蛐蛐叫，想想小时候的事。

你想家了，老洪。

老洪不说话，闭着眼睛。

我也闭上了眼睛，又睁开，给小李子发了个短信：我和老洪在一起，就缺你。

奥克兰的夜晚很清凉，似乎是沉在微暖的水中。我睡在老洪家的客房里，半夜起来上厕所，发现客厅里有微弱的光，走近一看，才发现那微光是从一个佛龛上的小灯发出来的。佛龛上的香炉里，香灰都快溢出来了，看得出主人经常烧香。老洪的屋子有动静，我赶紧躲到一边。老洪走出来，站在佛龛下，拿出一炷香，点燃了，拜了拜，插在了香炉里。

老洪看着佛龛里的菩萨，嘴里念念有词，在念经。老洪念完了，说：小刘，出来吧，我知道你在旁边。

我悻悻地走出来，说，不好意思老洪，找厕所，不是故意的。

没事，老洪说，这边的华人都拜佛。

求佛祖保佑？

老洪摇头，保佑什么啊，就是个念想。我种菜不只是为了吃，也是个念想，就好像我每天摸的是老家的土，喝的是老家的水。

你后悔吗老洪？

老洪又耸了耸肩，不，我不后悔，我是为了老婆孩子出来的，现在他们都挺好，特别是我儿子，成绩特别棒，这次的夏令营就是他自己凭借能力争取到的。别的不说，至少他将来不会再像我一样生活了。

隔着半个地球的两个男人，在奥克兰的深夜里，在空荡荡的客厅里聊起了天。我们都不知该怎么结束这场谈话。后来还是我说，老洪，我明天想去别处看看，我自己去，出来一回，总要看看。

老洪说，对不起啊，陪不了你，我得上班。

睡吧，晚安。

晚安。


第二天，从老洪家出来，我并没有去别的地方，而是直接坐大巴去了惠灵顿机场。已经没有当天飞北京的飞机了，但我就是想回去，转道上海，又接着坐动车回了北京。

北京的天气，还是雾霾沉沉，天变冷了，暖气都上水了。一走进我租了房子的楼道，就感觉到了暖气弥漫后烘出来的冬天的味道。我花了挺长时间才打开自己房间的锁，一度还以为房东换锁了，我推门的时候，一股腐烂的味道迎面扑来。味道来自冰箱那里。

我打开冰箱，差点呕吐出来，里面的东西不但腐烂了，而且长出了绿色的绒毛，很多蟑螂密密麻麻趴在上面。苹果、白菜、葡萄、火腿，还有馒头，那些我平时依赖的食物都变成了新的事物。它们腐烂后变成的黏稠浑浊的液体，沿着冰箱流在地板上，漫延成一幅地图的痕迹。这些液体竟然粘住了我的鞋，我一抬脚没抬起来，惯性直接让我撞到了冰箱，然后倒在了地上。冰箱里腐朽的食物和蟑螂，噼里啪啦地落在我的身上，我浑身哆嗦起来，发出了有生以来最大声的尖叫。

我的尖叫，慢慢变成了一种绝望的哭声。

夜

宴

# 1

曾经有一段时间，生活向他呈现出非常美好的一面，甚至还让他看见了一个可以期待、令人激动的未来。在这个未来里，他有属于自己的家庭、爱人，有一份算不上多令人羡慕，但足够生活的收入；周末的时候，能带着家人去看一场最新上映的团购电影，五一或十一小长假，能租一辆车到郊外，或者到离北京不远的北戴河玩几天；对，还有三五个聊得来的朋友，他们偶尔去吃个羊蝎子火锅，喝精品二锅头，然后在夜色里醉醺醺地道别。

当然，那时候他还无法具体化这些场景，所谓的看电影、小长假、羊蝎子火锅，都只是他根据后来的生活所归纳出来的。他在想，如果当年自己对未来有过期望的话，大概就是这个样子，只可能是这个样子。他从来都不是个有野心的人，即便你给他一盏阿拉丁神灯，他所能提出来的愿望也不会超出要点钱、要个房子这一类基本需求。

这段时间成了生命里唯一能支撑他幻想的日子，也成了他的魔咒：我曾有过机会，但最终我没能把握住。

那么，这到底是什么时候呢？

是十年前，他刚刚从公用电话上查到自己的第三次高考分数，确定自己能被北京的一所很著名的大学教育系录取了，这个教育系在全国也很著名。几周后，他收到了邮局寄来的录取通知书，这张不大的纸最终确认了这件事——他要彻底地从老家那里的生活中抽身而出了，像村里十年前的第一个大学生罗昊一样，从此去过另一种截然不同的生活。

也就是在这年秋天，他拿到通知书的几天后，罗昊带着老婆孩子回来探亲。他是开着一辆桑塔纳轿车回来的，车子刚进村，罗昊的父亲就在院子里点燃了一万响的鞭炮。几乎沿路的每户人家都打开了自己的大门，一家人站在大门口，看着罗昊的车缓缓驶过。他也在人群里，但他注意到的并不是车的轮子和冒烟的屁股，而是后排座位上那个美丽的女人和一个同样美丽的小女孩，那是罗昊的妻子和女儿。全村人都知道，罗昊读的是地质研究，做了几年科研，后来进入了政府系统，现在是某个地级市的副市长了，是他们十里八乡官当得最大的人。

汽车他见过，并不感到惊奇，罗昊的妻子和女儿才是最令他意外的。他从来没见过那么白、那么干净的人，就他当时的感觉来看，她们比电视上的模特们好看得多，因为车从他跟前路过的时候，离他还不到两米。透过褐色的车窗玻璃，他看见罗昊的妻子正拿着一根小东西在涂自己的嘴唇，那是一双火焰般的唇。读大学后他才从女同学那里了解到，那是润唇膏，防止嘴唇干燥的。

罗昊家里杀猪宰羊，村里乡里县里的干部们轮番来见他，每一个都带着一堆礼物。罗昊的父亲把礼物装在院子里的仓房里，锁上一把大铁锁，钥匙就叮叮当当挂在腰间。每天晚饭后，他都要揣着一盒烟到小广场上，给老人们发带过滤嘴的香烟，有时候他那个洋娃娃般的小孙女跟着他，手里也拿着一根带着圆形糖果的小棍子。

有一天晚上，罗昊的父亲第一个把烟递给他，他有点意外，因为那儿不但站着自己的几个叔叔，还有几个年龄更大的老人。看到我家罗昊了吧？老头示意他赶紧接过去，说，当年我跑到城里去淘大粪，也一定要送他去读大学，现在怎么样？他接过了烟，没有吸，学着大人们的样子夹在了耳朵上，他想带回去给父亲抽，父亲从没抽过这么好的烟。燕云，我早就知道你行，你是咱们村罗昊之后的第二个大学生，你将来也有机会过我们罗昊过的日子。

别人也都附和，说，是呀是呀，胡家的祖坟上也冒了青烟了。看你爹给你起的名字，胡燕云，完全不像是农民。罗昊父亲咳嗽了一声，吐了一口浓痰：他俩的名字都是一个人取的。众人就问是谁，罗昊父亲指了指村子的西头。众人恍然，那儿住着已经八十九岁高龄的老中医，当年的秀才。

一瞬间，他对自己的未来充满了美好的想象，如果说有什么是可以具体想些的话，那就是他觉得自己也有机会娶一个罗昊妻子那样的女人，生一个漂亮的孩子，开小车回来看父母，接受乡亲们的夹道欢迎，让父亲挨个给村民们发高档香烟。或者这么说吧，他能想到的最好的命运就是重复罗昊走过的道路。

晚上，他把那根烟递给父亲的时候，说了一句话：爸，我将来要让你天天抽这个烟。父亲听了，嗷的一声哭了起来。他当时以为父亲是被自己感动了，或者是因为这么多年的含辛茹苦终于看到了希望。后来等父亲死了，他再去回想那个时刻，才明白父亲的号啕大哭是因为他知道自己等不到每天抽这么好的烟了。父亲死在他上大学的第一个学期期中考试那天。那天是英语考试，考听力的时候他的耳机坏了，什么也听不见，他举手喊老师，老师拿过来一试，没有问题，可他再接过去还是没有声音。如此折腾了几次之后，老师给他换了一副耳机，还是只能听到一种沙沙响的噪声，这时候听力题已经念完了，他只好随意蒙了几个答案。但是后来试卷发下来，他的听力题竟然是历次考试中得分最高的一次。

他给家里写信，说自己期中考试成绩有所上升，终于突破了班级的中线，他们班有七十个人，他一直是在三十五名之后，这次考了三十名。他还说，自己接了三份家教，已经能把生活费赚出来了，不用家里给他寄钱了。他的学费是贷款的，生活费也可以自己解决，这让他很自豪。就算是上大学时候的兼职，他一个月也比村里种地的堂兄弟们赚得多。

寒假回家，他走进屋里的时候没有人，他喊父亲，又喊母亲，屋子空荡荡的，连个回音都没有。这时候西院的邻居走进来还一把斧子，看见他愣在了那儿。他问邻居知道自己父母去哪儿了吗，邻居支支吾吾了半天，也没说出来，放下斧子急匆匆走了。

不一会儿，母亲背着一篓子从田野中拾来的柴火回来，看见他，一下子就哭了。

我爸呢？他问。他省吃俭用，用自己做家教的钱给父亲买了一条好烟，罗昊父亲发的那种，一条烟花了他两百多，一个月的生活费。他从包里把烟掏出来，说这是给我爸的。母亲说，你爸抽不到了。他蓦然一惊，问

166

怎么了？

你爸……没了。

母亲告诉他，父亲临死前叮嘱了，不告诉他自己的事，既不想让他因此耽误学业，也不想他跑回来浪费几百块车费。母亲说，其实他第一年复读的时候，父亲就查出了不好的病，但是没有跟他讲，讲了也没用，怕你有负担，听说花几十万是能续几年命的，家里不可能有几十万，就算有，用来换几年命也不值。他们打听了，花了钱也不一定治好。他于是明白了那天父亲痛哭的缘由。

天色晚了，但他坚持要去坟地看望父亲。母亲要陪他，他拒绝了，他不想让母亲看见自己悲伤的样子。

事实上，他有点多虑了，等他走了半个小时，走到父亲坟地所在的山坡时，太阳已经落到了山下，大地被黑暗笼罩。好在这一天的月亮还算亮，挂在夜空里，努力用自己借来的光照着大地。

他跪倒在父亲的坟前，并没有想象的那么悲伤，甚至没有掉眼泪。他把那条烟全部拆开，一根接一根地点着，然后绕着父亲的坟头摆成圈，最后留下一根，自己蹲在那里吸。他想这样可以了，他唯一能做的就是陪父亲抽一支烟。这一次拜祭，让他的心越发坚定，我一定要成功，他想，要成为罗昊，不，要成为比罗昊还要牛的人。

他的烟瘾，就是从这一次开始染上的。


2


从此之后，时间仿佛加速了，很快就到了毕业阶段。他拼了命，才留在了北京城，到了北京延庆的一所中学做了老师。虽然是学教育的，但他们同学中做老师的并不多，因为他们没有专业，不像学英语、历史、化学的，中学里都有一门课程对应着，学教育的去给学生讲什么呢？只能去行政岗，做教务或者后勤。

他其实是很不甘心的，因为他想过考研，罗昊要不是念了研究生，根本不可能分到国土局，也就不可能后来当市长。可是自己的成绩在四年里最好的一次就是第三十名，英语也不好，考研基本没什么希望。还有就是，他本科贷款的一万块钱学费，从下半年开始必须给

168

银行还钱了，一个月两百多。他已经预感到，自己似乎早就偏离了重复罗昊的那条路，或者说，他根本就没在人家那条路上出现过。但他还抱着希望，就像偶尔从电视里看到的赛车那样，在一个弯道加速超车，最终夺取冠军。机会并没有把全部的路封死。

每当在办公室处理文件或表格到深夜时，他都会追溯自己的人生，越来越确认在拿到录取通知书，等着上大学的那段时间是最美好的日子。他会陷在回忆里几分钟，然后揉揉眼睛，打一杯开水，点一支烟，继续整理文件和表格。

工资不算多，还完贷款，再除去给母亲的生活费和自己的生活费，每月还能攒下五百块钱。好在学校提供了单身宿舍，要不然这五百也得交了房租。但是烟钱似乎越来越费，一开始他一天都抽不了几支，现在每天至少要一包，而且他只抽当年给父亲买的那种烟。工作后他了解到，这并不是什么特别好的烟，连中档都算不上，但相对于他的收入来说，却不算便宜。他有一种幻觉，他吸的每一支烟都像是替父亲吸的，他在用自己的方式兑现答应过父亲的事。

另一个让他烦恼的，是同事小丛，那个办公室里和他同年入职的女孩。他有点喜欢这个女孩，因为她看起来跟记忆中的罗昊的妻子有点相仿。可能并不太像，只不过有一次他早晨上班的时候，小丛刚好坐父亲的车进校，就坐在后排，正巧用润唇膏在涂抹自己的嘴唇。这个动作一瞬间把他带回到了当年的记忆中，他认定这是一种预示，提醒他不该忘记当年所想象的未来生活。

他觉得小丛对自己也充满好感。那次偶遇之后，他曾问过她，用的是什么牌子的润唇膏，是否好用。小丛很积极，把自己的润唇膏拿出来，说给他涂一点试试。他有些不知所措，怯懦地说男人怎么能用这个。小丛笑话他，说现在男人都用，还做面膜呢，然后拧开唇膏，涂在他的嘴唇上。他感到一种很腻人的香甜味，瞬间想起，这支润唇膏不久前才在小丛的嘴唇上涂抹过，心跳就加速。他觉得自己似乎借着唇膏吻到了小丛，开始满脸通红。还有他们去食堂吃饭，小丛会把自己餐盘里的肉夹给他；她有任何困难，都第一时间找他帮忙。他并不确定小丛喜欢自己，但基本确定她不讨厌自己。他渐渐掌握了小丛的基本情况，她就是延庆人，在一所市属大学毕业后，借父亲的关系进了学校。她父亲是延庆一个什么局的副局长，没有太大的实权，但大小是个官，有自己的人脉；母亲也是公务员，不过开了长期病假，很少上班。从各方面来看，这都是一个很不错的家庭。

在判断了几个月之后，他决定试一试，向小丛表明自己希望两人关系更进一步，成为男女朋友。他的表白技巧很普通，但也不算太差。那天是小丛的生日，她请同事们出去吃火锅，之后他送她回家。在路上，路灯昏暗，晚风轻拂，所有的事物都轻声细语般温柔。我想每天都送你回家，在她家楼下，他跟小丛说。什么？她喝了点酒，有点没明白他的意思。我是说，我喜欢你，我想每天都送你回家。他也喝了点酒，终于直接说出了这句话。

小丛并不感到意外，她甚至笑了一下，说：这样啊。就上楼去了。

她只说了这三个字，这样啊，这到底是什么意思呢？是同意还是不同意？

第二天在办公室遇到，她还和以前一样，说说笑笑，仿佛他的表白根本没发生。他自己都有点怀疑了，怕是喝多了酒之后的醉梦或幻想，可是他翻看了那天的日记，白纸黑字记着这件事呢，还画着大大的三个问号。

小丛没有给他任何明确的答复，也没有表现出任何异常，他不知道该怎么办好。这种心绪影响到了工作的效率和质量，他提供给校长的一个有关高三年级的成绩统计表格，出了个大纰漏。校长把他劈头盖脸地骂了一通，而且就在他的办公室里，当着所有同事的面。他非常受伤，但并不恨校长，他是气自己，这只能是活该。他反而有点埋怨小丛，认为都是她的模棱两可把自己弄成这个样子的，但他的反击只是尽量回避她。不知道小丛是迟钝，还是怎么，一周后她才反应过来他无声的反抗，在午饭的时候特意坐到他旁边。你是在故意躲着我吗？她说。他不说话，只是低头对付自己餐盘里的地三鲜和西红柿炒蛋。啊，不会吧，你那天是认真的？小丛又说。他吃不下了，端起餐盘到垃圾桶那里，把饭菜全部倒掉，直接走出了食堂。

小丛追了出来，在他身后大声说：喂，燕云，我以为你是在开玩笑，我的朋友经常这样开玩笑。他心里冷笑一下，转过身说，是啊，是啊，我就是在开玩笑。他还是抛下她走掉了。

他在一个酒馆喝了半夜酒，花生米吃掉了三盘，思前想后，甚至都考虑辞职了。他前几天查过，自己的存折里有一万块钱存款，不多，但能保证自己几个月饿不死。他想干点别的，离开这个地方。但最后还是没勇气，醉醺醺回家的路上，他给小丛发了一个短信，说不好意思，我把玩笑当真了，你把真的当玩笑了。小丛回了一个字：哦。

第二天起晚了，头还疼，他没吃早餐就去办公室。一切都没他想得那么严重，他忽然间有点顿悟，不管什么事，你只要第二天还是按照前一天的节奏去过，它就能过去。他跟小丛的关系又开始正常化了，好像什么都没有发生过一样。只不过他开始在宿舍里看一些三级片，自慰，一次又一次，有时候他也会把电脑上赤裸着呻吟的女性想象成小丛，想象成他认识的所有女性，甚至是罗昊的老婆。他对她的印象早就模糊了，唯一清晰的是那只拿着润唇膏的手和红润的嘴唇，所以在他的想象中，女人们都是在和他缠绵，他是一支巨大的润唇膏，不停地把自己的泪水、汗水、口水涂抹在她们的嘴唇上。

有时候，他会变成一支点燃的烟，叼在她们的嘴唇上。他在变态的快感中，感到下体一阵灼痛，只有这种痛才能把他从迷狂中唤回来。他把手机里保存的小丛和其他女性的照片打印出来，装订成册，每一次幻想的时候，就调出一张来。每次这么干的时候，他觉得自己有点像古代的皇帝宠幸后宫的妃子。

最开始，他还保有一种强烈的道德感，在第二天看见自己想象过的女同事，会脸红心跳，觉得她们知道了自己的秘密。但是他很快就解决了这个问题。她们只是一些幻影，他想，我也是，我们活在幻想的空间里，没有一条法律规定我不能使用自己的幻想。他也会有点悲哀地想到，他唯一能左右的只有自己的幻想了。

这一切是被一个意外事件打破的。

秋天的时候，小丛有三天没来上班。他给她发了短信，没回，打电话也没人接。他觉得小丛可能不告而别了。

他在复印室复印要发给老师们的学习材料，警察走进来把他带走了。在派出所里，他们问了他过去几天的行程，最后他终于弄明白了，小丛没去上班，是因为在三天前的晚上，她在回家的路上被人强奸了。警察从他的宿舍里搜到了那些淫秽的光碟，还有他制作的那个相册，确认他是最大的嫌疑人。他被带走后，学校里就传言他是个变态，强奸了自己的同事。但是警察很快把他放了，因为他们从小丛的内衣上提取的精子的DNA和他的对不上。

他回到办公室等着，但小丛再也没回来。半年后，他也被解雇了，理由是消极怠工引发了教学事故。一次很重要的考试，他把应该带到学校的卷子忘在了家里。他没有做任何解释，收拾了东西，离开了延庆，从郊区到了城里。

3

三年后。

胡燕云走在人大西门外面的路上，背着巨大的双肩包。背包里是一大摞考研资料，不过并不是他自己考研，而是去见一个学生。胡燕云现在是中关村各大考研培训机构的一个工作人员，他通过到各个高校刷小广告，在各个高校的论坛发广告帖，在学校食堂门口发传单，再加上用QQ群等宣传，已经成了公司的销售标兵。仅这半年，通过他报名考研班的就有五百多人。当然，他的提成也很可观。为了工作方便，他在双榆树的一个老旧小区里租了一间房，不到八平方米，每个月不含水电一千两百元。这是一个小两居，房主一家三口住大卧室，他住小卧室。签约的时候房主说，你最好别自己做饭，如果要做饭，煤气费每个月多交二十，而且只能等我们做完饭了再做。他连忙说，我就一个人，不做饭，主要是找个住的地方。

其实中介还介绍了比这条件好的一间房，但他最终还是选择了这个，因为他从门缝里瞥到了房主的女儿。小女孩还不到十岁，跟当年他见到的罗昊的女儿差不多大，就那么一瞬间，他就决定租下了。

第一天住进去的时候，两家人都静悄悄的，有人去厕所都蹑手蹑脚，好像生怕惊动了对方。他躺在占了屋子一大半地方的小床上，发现了这个房间的另一个好处，那扇小窗子外面就是一个槐树的树冠，时节正是春散夏来，即将绽放的槐花已经发出了诱人的香味。偶尔，他还能在树影中瞥见一星半点的月亮。那个有关未来的幻想，再一次从心头浮了出来，他忍不住坐起身，点燃一支烟，把窗子推开一点，让微风吹进来，随手把烟灰弹到窗外。

轿车、妻子、女儿、响彻全村的鞭炮……让他着迷的似乎不再是这些了，而是当年的那种感觉，就是觉得一切都充满希望、都值得奋斗的感觉。有那么一瞬间，他想起了小丛，心里多少有点负罪感，觉得自己好像是那个强奸她的人的影子。

他开始充满一种异样的斗志，每天除了睡六个小时的觉，都是在工作。他推销出去的课程数量直线上升，半年后，就被破格提拔为项目经理，专门负责公司在天津高校的招生工作。他开始频繁往返于天津和北京，每周都要去三四次。偶尔，他会感到头晕或恶心，他知道自己有些太拼了。但看着银行卡里的数额不断地增长，他不想停下来，目标从来没这么明确过，他要赚钱，赚足够的钱。至于赚钱之后干什么，他还没好好想过，只是单纯地喜欢看存款数额飞速增加。

他再也没看过黄片，也没自慰过。每一次他刚要开始，小丛的脸就会浮现，说：小胡，是不是你？那天晚上伤害我的人是不是你？他便兴味索然。只有烟抽得越发地勤，价位也越来越高，他因此得了咽炎，但还是继续抽。

虽然每天晚上都住在租房里，可他很少见到房东一家人。他回去得晚，回去前先在成都小吃或沙县小吃吃一个饭，上楼的时候他们似乎都睡着了。他家客厅里的电视，很少打开过，对于这家人，他听到的最多的就是他们出来倒水、上厕所的声音。极少的几次，他正面看到了这家的小姑娘，戴着一个牙套。原来小姑娘有些龅牙，特别是张嘴说话的时候，门牙和粉红的牙龈明晃晃地露出来。有点像马，他不太厚道地想。你好，他跟小朋友打招呼。小朋友有些吃惊，小声地说了句你好，就飞快地逃回了他们的房间里。

他想，自己不在家的时候，他们可能不这么安静，应该和别的家庭一样，看看电视，聊聊天，做做小游戏，其乐融融。有一次，他回来得早一些，刚掏出钥匙插进锁孔，屋子里的声音就立刻安静下来。这更证实了他的猜测。

他万万没想到，这家人竟然救了自己。

一个晚上，他出来上厕所时头一晕，倒在了过道上。他们打了120，把他送进了医院，医生给他打上吊瓶，第二天又做了各种检查后告诉他，好像内分泌有点问题，血糖高。他没当回事，第二天买了好多水果回来，感谢这家人。男主人把水果从门缝里接了过去，递出来一张单子，是120的钱和药费，他赶紧掏钱包。男主人摆手说，不急，和下个月的房租一起付吧。

从这次开始，他们的关系开始慢慢热络了些。有一天，他们还在厨房留了半碗炒饭，他知道这是给自己留的。他就着烟，把半碗饭吃掉了，然后回到厨房把碗洗了。第二天回来，他就放了半个西瓜在冰箱里。来来往往中，气氛开始变得随意起来，特别是小女孩，偶尔会跑到他屋里来问一个问题。她的数学作业，父母完全帮不上忙。

他又晕倒了一次，不过不严重。他不得不去医院看一下了，房主建议他去看中医，他就坐地铁去了西苑医院。大夫给他开了中药，让他先吃一个月再说。他拎着一大袋子已经熬成液体的汤药，走在路上就忍不住喝了一袋。忍着反胃喝完了中药之后，他没找到能漱口的水，就一直带着满嘴的药渣味走回家。一开始，这味道是苦、涩，似乎很有草根的气息，可是后来随着唾液的不断分泌稀释，好像也发生了什么神秘的反应，味道开始泛出一阵甜味，嗯，有点像他小时候吃的甜草根。甜草根也是一种中药，在村子后面长得漫山遍野，这种东西的根茎似乎是直直插入地里的，很难拔出来。田地旁边有一些山洪冲泻出来的沟壑，都是黄土，沟壑壁上裸露出许多甜草根来，他们只要揪出一头猛扯，就能扯下一米长的甜草根。这种东西据说是降火的，带着一种药的甜味，他跟小伙伴们经常会咀嚼一段。糖太稀少了，他们唯一能以甜的名义摄取的糖分都是从山野中来的，甜草根，秋后的玉米秸秆，一种俗名酸巴溜的植物，各种野果子。他们那儿的自然界似乎没有纯粹的甜，所有的甜里面，要么掺杂着苦，要么掺杂着涩，要么掺杂着酸。

这是一个大玩笑。他又拿出那张化验单来看，空腹血糖12.9，超标了一倍还多。

毫无疑问，医院里的大夫跟他说，糖尿病，不用再做其他检查了。

可我才三十岁。

是，年纪还小，按说不应该，你们家族有糖尿病遗传病史吗？

他只能摇摇头，事实上，他们家没有任何遗传病史，这么说不准确，不是没有任何遗传病史，而是就他所知除了高血压和感冒，他们家的人不知道自身病痛的任何名字。那些病都只是一种感受，一种生活命名，腰疼，头疼，腿疼，肚子疼，没劲，恶心，眼花……

他回想了一下，自己的日常饮食似乎也并没有摄入多少糖，虽然现在他有工资了，要吃糖完全可以随意买了。大夫告诉他，糖尿病病人在上午十点多的时候，会出现低血糖的症状。他想起来了，自己有两次晕倒，确实都是在上午十点左右。

他按时按量吃完了一个月的药，再去检测，血糖还是高，就又吃了一个月，还是高，但他的精气神似乎恢复了，也没有再晕倒。过了一段时间，业务又忙起来，他就把吃药的事情忘记了。那一段时间，北京的房价因为政策调控，停止了疯狂的增长，甚至有一部分有所下降。他刚好纳税五年了，有了买房资格，盘点了自己手里的钱，四十万左右，又算了一下今年的年底分成，有五万，火速找中介在地铁13号线的天通苑站三公里处贷款了一个小一居。贷款五十万，每个月还三千多。

过户那天，他没有想象的激动，因为昨天晚上他加入了一个房子所在小区的QQ群。群里都是业主，全是报怨小区物业的，很多人都后悔买了这里的房子。他觉得自己有点冲动了，应该看看其他地方再做决定。但事到如今，也没有反悔的余地。他就想，买了就买了，反正自己还是租住在双榆树那里，天通苑的房子是肯定要租出去的，交给中介，也不用太操心的。

让他操心的是另一件事，母亲在老家犯了一次心脏病，差点死掉。他没办法，只好把母亲接到北京了，这样租住的那间房子就不够住了。他得租一个大点的房子，还得能做饭。

那天晚上，他敲了房东的门，门开的时候，他看见三个人正在写字台上吃饭，一盘西蓝花，一盘排骨，三碗米饭。吃饭呢？不好意思，有点事。房东有些尴尬，问你吃了吗？他还没吃，但赶紧说吃过了。房东问他什么事，他说了母亲的事，自己可能得提前搬出去，有点违反合同，想商量一下违约金能不能少点。房东有些发愣，你要走了？他点点头，说我妈来了，这里住不开了。房东说，等会儿吧，我们商量一下，就关上了门。

他就回到自己房间里，靠着窗台抽烟，把烟灰弹到窗外。这时候是秋天了，再有半个月就十一了，但气温还是很高，好在开着的窗子能透出些风来。他已经做好打算，如果房东愿意，他可以掏半个月的违约金，一周内搬出去，他们也能早点找到下一任租客。如果房东坚持一个月的押金一点都不退，他也只能认了。

半个小时后，房东在门口喊他：胡先生，你出来一下。

他推门出去，惊讶地发现一家三口都在客厅里。房东指了指沙发，让他坐，他有点犹豫地坐在小沙发上，他们三个则各自坐了一把小凳子。

我们商量了，押金都退给你，违约金也不要你交了。房东看了一眼妻子和女儿说。

啊？这让他有点出乎意料，这样不太好吧，是我违约，我总该出一点钱的。

房东说，不用了，我们家里情况不好，要不然也不会这么小的房子还租出一间，你是五年来最好的一个租客，从来没给我们添麻烦，所以我们不要你的违约金了。

这样，但是……我还是要……

胡先生，真的不用了。女主人说。他很少听到她说话。

那好吧，谢谢你们，实在抱歉，如果条件允许，我肯定会继续住下去的。

房东找出两张纸来，简单写了一个终止租房的协议，签了字，每人拿了一张，这事就算结了。

他准备第二天搬家，这是他在这里的最后一晚了。


## 4


母亲到的那天晚上，他本想带她出去吃饭，可母亲说坐了一夜车，累了，就在家里吃。他觉得也好，就去超市买鲈鱼和青菜，蒸一条鲈鱼，炒一个青菜，再做一个西红柿鸡蛋汤，两个人就够了。母亲一辈子吃得清淡，肉的话只喜欢鱼，他知道的。鱼得买活的，鲈鱼好吃，可是比草鱼鲤鱼白鲢贵得多，但这是母亲到北京的第一餐饭，总要吃一点好的。

搬来的第二天，他已经调查清楚，这附近的几个超市里，只有街对面的那家有活鱼卖。他让母亲先休息会儿，自己拎着一个袋子去超市。

他经过水产摊的时候，平时卖鱼的工作人员正在捞鱼，捞出一条，猛地掼在地上摔死，然后再捞一条摔死。一条鱼突然从里面飞了出来，啪的一声掉在地上。一个工作人员看了看，并没有停下手来去捉它，而是继续对付水族箱里的鱼，捞出来，摔死。那条鱼就一直在地上摆着尾巴，好像要逃脱被摔死的命运，每一次摆尾，身体都有移动，但下一次摆尾又移动回来。他忽然笑了一下，想起了大学时哲学老师讲的西西弗斯，就是整天把大石头推上山，然后石头自己滚落，他再推，周而复始，永无止境的那个人。那时候，他觉得哲学挺无聊的，可这一刻他忽然明白了点，哲学还是有用的，至少对一条鱼来说是这样。

他想让工作人员留一条活的给他，工作人员却说，所有的活鱼都不卖了，要买买死鱼。

为什么？

工作人员一耸肩，我哪儿知道，我只知道经理下了死命令，活鱼必须弄死，然后冷冻起来，一条都不让卖了。

最后，他只能买了一条更贵的海鲈鱼回去，死的。

他已经很久没有做过饭了，之前在双榆树那里住，从没跟房东抢过厨房。他把清理好的鱼带回去，母亲说她来做饭，他说自己做。母亲说，妈妈没事，做个饭还是可以的，他只好从狭小的厨房里出来。

后来他刷朋友圈，看到新闻说，那一天，北京几乎所有的超市都没有活鱼买，有人说是因为活鱼运输途中为了保鲜，使用了某种有毒的化学物质；也有人说是因为食品检测部门要展开一次水产品检查，超市们都对自己进的鱼没信心，所以全部下架。

吃饭的时候，他偶然说起超市里的事，母亲说咱们那儿吃的都是死鱼，怕什么。他说今天这条是海鲈鱼。

母亲顿了一下，叹气，说我知道，我刚才看见价签了，一条鱼五十几块钱，好贵。你就放心吃吧妈，吃条鱼我们还是吃得起的。母亲又问他房租多少钱，贷款月供多少钱，问一次，叹一次气。

母亲收拾碗的时候，他拿出五百块钱，说：妈，生活费给你，你来了，我就每天回来吃饭了。

母亲说不用的，我这里还有一点钱。

他塞到母亲手里，说：你的钱能有多少，攒着吧，还有下周我带你去医院再查一下心脏。

母亲连忙摆手：不要去，我在镇子上已经查过了，是先天性的心脏病，治不了的，做手术好贵，而且不见得好。

他没再坚持。

母亲说，妈只是惦记着一件事……

他知道是什么，他的婚事，这年头所有的家长都在担心儿女的婚事，没对象的着急，有了的没结婚着急，结婚了没孩子着急，有了孩子不和睦还着急。

他永远都不可能想到，这竟然是自己和母亲的最后一次谈话。第二天，他敲母亲房间的门，没有回应，他想可能母亲还在睡，就自己出去买了油条和豆浆，吃完了，母亲还没有声音。他推开门进去，看见她在床上蜷缩成一团，已经没有了呼吸。后来检查的医生说，母亲在晚上心梗发作，不到二十分钟就走了。她在这痛苦的二十分钟里，竟然没有喊过一声，她以为可以和其他所有腰腿疼一样，只要忍过一阵就没事了。

他有点不知所措。还是医院的人指导着他，找了专门做丧葬服务的人，把母亲的后事办了。告别仪式上，丧葬公司的人说，就你一个人？他点点头，一个人把母亲送走了。

随后，他跟公司请了几天假，把母亲的骨灰带回老家去，跟父亲合葬了。


5


都快晚上九点钟了，他才走进了饭店，看见约的人已经到了，穿一件粉红的毛衣，头发有点像假发，在13号桌坐着。桌上已经摆满了菜，他坐下，拿起服务员贴在桌边的点菜清单看了一眼，209，有点小贵。

粉红毛衣有点抱歉地说：不好意思，还没等你来，我就先把菜点了，我不点菜服务员就总跑来念叨。

没事没事，挺好挺好，他说。

路上有点堵吧？

嗯，是我对不起你，我来晚了。

嗨，在北京晚到太正常了，咱们边吃边聊吧，提前约定一下，谁也不用让谁，也不用瞎客气，权当是两个人的自助，行吧？

这样好，我完全同意，反正吃饭不是主要目的。

你来的时候没戴口罩？

没戴，不习惯，闷得慌。

得戴着呀，今天污染指数都爆表了，戴上总比不戴强。

算了，我觉得中国人要想活下去，只能靠自我进化了，别的什么都没用。

哈哈，你挺有想法。

到现在为止，他都对这个见面很满意，对方看起来很真诚，也很放松。这很好，他想，而且谁也不用照顾谁，各吃各的。

粉红毛衣夹了一筷子糖醋排骨，放在嘴里嚼着说：我们家那位，三脚踹不出一个屁来，你要再踹一脚，就踹死了。对我倒还行，情人节圣诞节结婚纪念日，都不忘买个小东西讨我高兴，东西不贵，但他能惦记着，让你觉得是一种安慰。

嗯，他迎合着说，挺好的。

粉红毛衣继续吃糖醋排骨。他有点惊讶地发现，粉红毛衣似乎非常喜欢酸甜口的菜，除了糖醋排骨，还有菠萝咕咾肉、宫保鸡丁、糯米藕、酒酿丸子，唯一一道其他口味的菜是花生米。

粉红毛衣突然停住口，说：是不是我点的菜你不喜欢？你可以再点几个喜欢吃的，钱不是问题的，对了，再要点啤酒吧，你们男人一般吃晚饭不是总要喝点的吗。

这些菜他确实不能吃，因为他那个怎么也降不下去的血糖，他必须控制甜食。他跟服务员要了菜单，只点了一条清蒸鲈鱼，啤酒，犹豫了半天，还是没要。他觉得没必要喝酒，吃饭也是次要的，他来这里，就是想跟

190

她好好谈谈。

鲈鱼上来的时候，她正跟他说她自己小时候的事。在我们老家，她说，每一次有人结婚的时候，都要在夜里摆一桌宴席，我那时候最喜欢这种宴席了。我们小孩子，可以不用那么早睡觉，还能吃到各种好吃的，哦，我也喜欢看着大人们围坐在桌子上，男人们划拳喝酒，女人们就说三道四。后来我离开老家，再也没有吃过那样的宴席。

你老家是哪儿的，他问。

南方嘛，就是南方嘛。

他想她可能不太愿意告诉自己太多具体的信息，刚才说的有关她老公的那些话，也可能不太准确。无所谓了，他们本来也不是为了调查对方而来的。

接下来，他跟她说了自己当年看见罗昊的妻女的那件事，说得特别详细，还有小丛的事。最开始，她还笑话他，说他太幼稚了。等听到小丛被强奸的时候，她不笑了，愤怒地拍着桌子：阉割，这样的坏人就应该阉割，而且不要用医生，就找我老家劁猪的兽医。

她忽然意识到自己的愤怒有些过了，便指着鲈鱼说，翻过来吧，另一面还没吃呢。

他们两双筷子合力把鲈鱼翻了过来。

各自又讲了不少事，结账的时候，用完团购券之后竟然刚好250块钱，两人听了都笑了，觉得没有比这更好的收尾了。各自付了一半，他们就出门了。


回到家之后，他躺在床上，把手机里的约饭App卸载了。

他跟粉红毛衣完全不认识，是通过这个软件才约上的。有一天，一个群里有人推荐这个软件，说注册后可以随机约到一个饭友，然后系统会随意选一家饭店订位子，两个陌生人在一起吃一餐饭，互相说话，AA制，等结束后，系统会自动注销两人的ID，也就是除非他们自己要互相留联系方式，否则他们再也不会联系了。

他其实早就下载了软件，也注册了，前两次系统都给他约好了人和地点，但是他临阵退缩了。每个身份证号只能约三次，第三次他不想浪费机会，赶着来赴约。

现在，他住在了自己在天通苑的房子里，房子不大，还是显得空荡荡的。他没买电视，也没买冰箱，其至厨房里也只有一只锅和一副碗筷，偶尔在深夜煮个泡面而已。他不做考研培训了，现在是一家民办教育在天通苑地区的课程经理，单位很近，从家里走过去只要五分钟。但是在天通苑那些成千上万栋面貌相似的楼宇之间，他常常迷路，绕了一圈又一圈，就是找不到自己家那个小区的门。有几次，他按着手机地图上的导航，都没回得了家。

后来，他花了一个月的四个周末时间，用脚步把天通苑的所有小区都走了一遍，自己画了一个简易的地图，从此再也没有迷路过。

跟粉红毛衣约饭回来后，他很快睡着了，还做了一个奇怪的梦。他梦见自己像那条超市里逃跑的鱼。当然跑不掉，但是要逃，在水泥地上拼命摇着尾巴，那声音听上去，好像一个悲伤自责的人在使劲儿抽自己的耳光，啪，啪，啪……

大师与食客

# 1

2005年夏天快过去的时候，我刚开始读硕士一年级。硕士课不多，但有些课需要啃外文文献，每天抱着词典在没有空调的教室和图书馆ABCD，看那些文艺学大师的英文原著，伊格尔顿、艾伯拉姆斯、哈罗德·布鲁姆，等等。这些理论著作云山雾罩，弄得我很长一段时间连中文也读不通顺，但是读着读着，忽然对其中的某一句颇有感觉，很多疑惑的问题就豁然开朗了。就像这门课的老师讲的，一个概念有时候能照亮一个世界。

好在那年的秋意来得早，夏末的时候就很凉爽，雨水多，且都是雷阵雨，下一阵就停，留下湿润的空气在阳光里浮动。雨大都是夜里下，白昼则带着淡淡的清爽，让人觉得舒服。硕士生住在师大新盖好的宿舍楼，四个人一个屋，床和柜子还新得散发着油漆味。这种刺鼻的味道直到我硕士毕业都没散尽。我的床靠着窗子，在安静的夜里，常常听着一阵风吹来，然后雨滴滴答答敲打玻璃。很快，雨大起来了。雨水的湿气透过窗子缝隙，直接浸到我脸上，能感觉到汗毛被轻轻摇动。几个月前，我在一个电视剧组。剧组经常拍夜戏，熬到凌晨是常事，生物钟就变了，回来后时差一直倒不回来，惹上了失眠的毛病。听着对面铺的同学磨牙、说梦话、背诵英文，我毫无睡意，只能盯着天花板听雨，脑子里也雨点般滴滴答答落下许多片段。

三个月前，有人给我介绍了一个活儿，是去一个剧组做宣传。主要任务是帮他们写写剧组速递或新闻通稿，发给各个网站，在娱乐版登出来。这种新闻多的是，也没什么人看。有时候，我还帮第一次当导演的果导改改剧本，写一两场新加的戏。我第一次去剧组面试的时候，是在一个宾馆里。坐47路到北京西站，下来沿阳坊路走二十分钟才到。制片人在二楼的一个房间，我进去的时候，看到一个黄头发的男子窝在沙发上，手里攥着一大沓纸。我以为他就是制片人，没想到是导演。刚要开口说话，卫生间里响起马桶冲水的声音，门开了，出来一个女人，上身长下身短，看上去特别像腿被砍去了一截。她自称杨丽，是这部戏的执行制片，是她打电话约我来的。

杨丽扔给我一堆材料，是她们上一部戏的，然后说，新戏有大腕，投资五千多万。我对五千多万没概念，只是觉得很多。她让我开了桌子上的电脑，马上写一个通稿，把两部戏联系起来。我翻了半天资料，绞尽脑汁攒出一千个字，她看了点点头，跟导演说：你觉得呢？导演说，我不管这事，你看着办。杨丽说，行吧，一个月两千五，管吃管住，但你得跟组。我说我还有期末考试。那你可以请假回来考试，不过车票我们可不管。两千五，相当于我当时十个月的生活费，我没理由不做。

然后，他俩聊起了演员，把我听过没听过的都数了一遍。杨丽说，女二必须得漂亮，至少得比我漂亮。导演没抬头，说女二不是胡总推荐了吗。杨丽说，呵呵，胡总的人不能用，投那么点钱就想上女二，疯了吧他。导演说，你们又没给我用人权，别和我商量，这剧本写得狗屎一样，我得一个字一个字改。杨丽说，怎么会，王老师可是大师，虽然是他第一次跨界写剧本，但他给几十部影视剧做过总策划。为了这个剧本我们就花了五百万呢。五百块都不值，导演啪的一声把手里的打印纸扔沙发上，上面满是红笔批注，都看不出黑字来了。杨丽说，你是第一次导戏，他是第一次写戏，我是第一次干执行制片人，咱们三个臭皮匠互相担待吧。我拍过很多片子的，导演说。是是是，可你那不都是纪录片吗，杨丽说，我们也不想用他，但人家地方上就认他，你知道风州最近闹得全国都知道的城中湖项目吧？王大师给策划的，投资上百亿。她一说，我就想起来了，电视上最近都是这个广告，说什么：风州城，城中湖，天下山水，此处独揽。网上也是各种消息，反正就是大手笔大投资。导演又拿起剧本，说：我还不如回去画画呢。这时候，杨丽才想起我还在旁边，转头说：那边纸箱子里有打印的剧本，你拿回去熟悉熟悉，下周咱们去风州，马上就开机了。我点点头，从一大摞剧本里拿了

200

一本，封面上印着"情断风州"四个字，编剧王舒，导演果晟。

我在剧组只待了一个月，赶上期末考试，就坐了十多个小时火车回来，但是不凑巧，有一门考试因为跟其他课程冲突，调了时间，我只能打电话给杨丽，说再请两天假。杨丽说，你不用来了。我一惊，问怎么回事。杨丽说，没事，别瞎打听。那我的钱怎么办？我最关心这个。杨丽说，你学的什么专业？文学，我说，标准说法是汉语言文学。你这样，我其实也在北电读研呢，期末要交一篇论文，可我哪有时间写啊，你帮我写一篇，我再给你五百块钱。等我回北京，三千一起给你。行吧，我说。这活儿我也不是第一次干，为了混口饭吃，这些年凡是找我的活儿都做，只不过十之八九拿不到钱。你要写什么方面的论文？什么都行，只要能跟电影扯上关系，你随便发挥。她匆匆把电话挂了。我缺钱，回来的火车票花掉了我这个月的生活费，当时觉得马上能拿到兼职的工资了，还狠心买了卧铺。帮她攒个论文的话，火车票钱出来了，还能剩下两百多。

201

我自以为算盘打得精，可那之后再也没联系上杨丽，她消失了。我走投无路，又去了一次那个宾馆，剧组当然早就不在这里。我后来想起，在剧组的时候，要过一个场务的电话，打过去问。场务说，靠，这戏黄了，你不知道啊？总制片人卷了一笔钱跑路了，剧组里服化道的兄弟都没拿到工资。

这不是风州政府项目吗？我说，政府的项目也能黄？

主管这件事的副市长被双规了，连带着这个项目也停掉了，死心吧兄弟。

我到学校的网吧去上网，搜风州的新闻，确实是副市长岳林涉嫌受贿、乱搞男女关系被双规，《情断风州》剧组解散。一分钱没拿到，还倒搭进去一张卧铺票，除了自认倒霉，没什么好说的。

就在这个网页的最下面，一揽子相关新闻里，我看到了一个名字：王巨树。新闻标题是《策划大师王巨树成立巨树天下工作室》，时间就是一周前。这么说，岳林倒了，对当初策划城中湖的王巨树毫无影响，看来这人真是不简单。

因为这个事，暑假我没回家，一直在学校附近的天桥上顶着大太阳发传单。我得把生活费赚出来，而且从下个月开始，本科时的助学贷款就得还款了，可我还在读研，没有固定的收入。除了发传单和做家教，我没有更好的赚钱方式。

硕士开学后，课程比想象的要紧张些，主要是老师们列的参考书多，还有不少是没翻译过来的英文，啃起来特别费力。每个月的贷款又得定时还，不然就会留下失信记录，将来买房子就没法贷款了。我只能一边上学，一边跑三个家教，还是捉襟见肘，时常得借同学饭卡凑合一顿饭。

硕士宿舍是四个人一个屋，我们在二楼，窗子朝南，门口对着电梯，电梯背面的217，是一个合住房间，现代文学的李达和三个自考的教育硕士一起住。其中一个年纪比较大，至少有三十岁了，听说之前是中学老师，已婚，有一个女儿，后来又考了硕士。这个人姓曲，叫曲元豪，外号蛐蛐。李达和我是本科同学，经常一起玩，读硕士后，虽然不在一个专业，我俩还是常常混在一块，打打球什么的。我吃不上饭的时候，总是他第一个把饭卡递给我，算是我最好的朋友。

我每天都会到李达宿舍转悠一圈，总看见蛐蛐靠着椅子，光脚板搭在桌上打电话。别人桌子旁边的书架，都摆着专业课或英语什么的，他那儿摆的都是卡耐基马云王健林的传记，厚厚的几大摞。凑近了看，能看到蛐蛐的脸上有一个淡淡的伤疤，从右眼角直到下颌骨。不是太明显。

蛐蛐对着电话说：何总，您放心，对于这些情况，我们肯定会回避。我给您的样章您看了吧，文字漂亮，该夸的地方夸，可又不露痕迹，对，整本书都会是这个水准。他把从脚上抠出来的油泥，放在鼻子下闻了闻，手指一弹，油泥球飞起来粘在了一本书封面上商界大佬的脸上，好像他长了一颗痣。哈哈哈，合作愉快，一定成功，蛐蛐大笑了几声，挂掉了电话。

李达，打球去？我下午的家教取消了，家长说那小孩要去参加游泳比赛。

李达从电脑前抬起头来，说脚崴了，得歇两天。

那我自己去了，我转身要走。

刘小磊？蛐蛐说。

啊，是我。

蛐蛐伸出手来跟我握手，我想起那个油泥球，犹豫了一下，还是握了上去。

我是曲元豪，教育硕士，我听李达说，你文笔不错？

没有，平时喜欢瞎写点东西，正式发表的就几首小诗。

甭跟我这儿谦虚，我有个活儿，不知道你有没有兴趣。他指着桌上的一大堆企业家传记说，你看，这里面好多都是我们出的，我现在做图书，编书，这些书都旱涝保收，不用管卖多少，稿酬都能拿到。你帮我写一本，一个很有名的大人物，我给你两万。

我吓了一跳，两万在当时可真不是小数目，我在剧组干八个月也才两万。

我怕写不了，我说。

你肯定能写，我看过你在校园网发的东西，你网名叫一百比八十对吧？有没有兴趣？

那我试试吧。我说。我拒绝不了两万元的诱惑。

## 2

临到蛐蛐带我去见要写的那个大人物，我还不知道他具体是谁。公交车摇摇晃晃，我问蛐蛐，听说这个大人物特别牛逼，是吧？蛐蛐眼神闪烁，说别急，等会儿就知道了。他这么遮遮掩掩，让我觉得这个人更不简单了。后来我才明白眼神的秘密，那时候他自己也不知道要见的是谁。蛐蛐心情不太好，一只眼睛又青又肿，看起来是被人狠狠揍了一拳。他自己解释说：近视眼，有一天忘了戴隐形眼镜，撞在了玻璃门上。我没揭穿他的谎言，昨天下午的时候，在宿舍里，李达小声跟我说，是被他老婆打的。他老婆在家里带孩子，但早早就在学校安插了眼线，眼线报告说，他跟一个女同学关系不清楚。老婆把孩子给公婆一丢，坐了一夜车找来，拎着一把菜刀上了宿舍楼。楼下以专横著称的宿管大爷都没敢拦着。

在蛐蛐那张黝黑的脸上，被打肿的眼睛看起来反而显得协调，那只正常的眼睛却有点不伦不类。蛐蛐的手紧紧握着公交车的拉环，盯着车窗上的一只苍蝇，不知在想什么。本来坐地铁能直接到要去的地方，公交至少得倒两趟，但蛐蛐还是选择坐公交车。那时候，北京的公交还在优惠期，刷卡只要两毛钱。我俩的午饭也是在公交上吃的，每人俩包子，素馅的。吃完包子，我心里有点打鼓，看蛐蛐这样儿，自己都没两万块，我不会又是竹篮子打水一场空吧？

到站，我跟着蛐蛐下车，沿着一条基本没什么车的路走了十几分钟。路两边种着高大的梧桐树，枝叶繁茂，有三三两两的漂亮的中年女人带着孩子在玩。两边的房子不高，看起来像是别墅区，但离闹市并不远。蛐蛐开始打电话，问路，绕来绕去半个小时，结果大门就在公交站几百米外。两个一米八几的保安，一身笔挺的制服，站在门口查我们的证件。

我还是第一次进这种地方，心里七上八下，又有点小兴奋。进了大门，里面是一个大花园，有假山，有流觞，路灯看起来都是欧式风格，一栋栋三层小楼散落着。真好啊，我忍不住感慨。蛐蛐说，好吧，大师住的地方能差吗？这得多少钱？少说一千万吧，蛐蛐说，不过对大师来说不算什么，他一个项目就能赚出来。

神一样的人物啊，我说。

我们找到C栋，到楼下，蛐蛐说：整栋楼都是大师的。

你来过？

没有，介绍人说的。

他还没等摁门铃，门就开了，一个漂亮的姑娘从门里出来，手里拎着一袋垃圾。

找谁？姑娘说。

我们是给大师写书的人，蛐蛐说。

姑娘把垃圾丢在不远处的垃圾桶，回身说：哦，曲老师吧，我是潇潇，我们通过电话。

蛐蛐立刻矮下来，长长地伸出手去：潇潇老师，没想到您这么年轻。潇潇的手轻轻握了他的手一下，看了我一眼。我有点犹豫，不知道是否该伸手，她已经转身了。潇潇打开门，说：请进。

屋子里面比我想象的还大，整个一楼起首是一间巨大的客厅，除了一般的沙发茶几之外，还有一个T形的吧台，吧台后的酒柜里摆满了标有外文的酒。我们跟着潇潇上楼。二楼有一个大会议室。我和蛐蛐坐下，潇潇倒了两杯白水，说：王老师还在休息，等他起来吧，昨天才从巴黎飞回来。

好的好的，蛐蛐说，我们等王老师。

潇潇出去了。

真漂亮，我说。

这是大师的助理，会三门外语，蛐蛐说，叫肖佳涵，也叫潇潇。

哈哈，我不怀好意地笑了一声，助理，是小秘吧？

蛐蛐的脸上，也露出了和我一样的笑，漂亮吧？

这时门又开了，潇潇进来，她竟然换了一身衣服，宽大的T恤，短到大腿根的热裤，一双修长而白皙的腿晃得人眼晕。说实话，除了在时尚杂志和网上，我从没有在生活里见过谁穿得这样少，更没见过长得这么漂亮的人。我控制不住自己的眼睛，一直盯着她看。潇潇似乎见惯了这种不礼貌的注视，完全不以为意，她把抱着的两摞厚厚的打印稿放在我俩跟前。

这是一些资料，你们先看看。她讲话的时候，带着一丝嗲音，但一点也不多，听起来让人觉得温柔亲切。

潇潇俯身的时候，她的领口低下来，我能看见她白皙的乳房边缘。她没有戴胸罩。

我有点口干舌燥，整个脑袋都发涨，赶紧把水一口气干了，然后去翻打印纸。

这摞纸已经被简易装订了一下，因为是单面打印，所以就显得更加厚重。封面的牛皮纸上，印着几个大字：大师——王巨树其人其事。

哦，原来这个大师、这个王老师，就是王巨树，翻开目录，首先就是十篇不同人的序言，从文化界的大腕到政界红人、企业界的名人。这里的人，随便哪个拉出来，都能让老百姓肃然起敬。

再往下，并没有什么童年故事，而是一篇篇新闻报道。都是从网站上直接扒下来的，很多格式都没有调整，一些网站的广告链接也附在后面。报道里的内容五花八门，但都是大事件：王巨树重绘重庆山水、一城两翼三区；黄州市确定下个百年规划、我来为中国人的胃负责——大师把脉云牛奶业……

这里面包含着中国近些年许多地区的大事，每一篇都有一个相同的名字——王巨树。翻了一会儿，我有点明白了，他是一个策划大师，受雇于政府或企业，帮助他们确定长期规划和包装。这种规划涉及城市布局、产业调整、经济政策、企业发展等，每一个项目的目标都少则五年，多则百年。

蛐蛐找我，是为了给这样一个人写传记？

## 3

剧组真是一个独特的社会空间，这儿比社会更社会，但也比社会更不社会。

我跟着到了风州的第二天，就从同行的做服装的小哥那里得知，剧组的副导演跟一个演丫鬟的女演员住在了一起。而上一部戏，和他住的是另一个丫鬟。这个女孩在演员堆里算不上漂亮，但笑起来好看，一对小虎牙，天真烂漫。她一讲话，就惹人发笑，可自己并不觉得好笑。演戏的时候，她几乎没什么台词，只是站在小姐旁边，也谈不上什么演技。服装小哥说，这样的女演员一大把一大把，为了上一部戏，哪怕没多少露脸的机会，也愿意委身于选角的副导演。

真是可惜，我说，她们怎么想的啊。

小哥说，怎么，怜香惜玉啊？你才接触这行，不了解情况，就别书生意气了。

嗯，我说，我这儿也犯愁呢。

昨天晚上，我刚从火车站到剧组驻地，杨丽就让我去她房间，说有急活儿。

我进去，看见导演也在，床上铺着一床剧本。导演披头散发，他本来是个画家，拍过几年纪录片，后来不知道怎么跑来当了导演。他光着脚，大声喊：这怎么拍，明天就开机了，你叫我怎么拍？什么大师，狗屁大师，不会写就别写。

我听明白了，他说的还是剧本的事，编剧是个所谓的大师，第一次写剧本，逻辑不通，漏洞百出，还特别固执，不愿意别人给他改动。据说，如果想改动，得付一笔改动费。但是不改没法拍，好几个演员看了剧本，直接找导演兴师问罪：导演，这怎么演啊？

杨丽没办法，只好付了一笔改动费。惹不起，她说，真惹不起，他可不是一般的编剧，通着天呢，咱们这个项目要不是王大师也不可能下来。

导演不知道为什么想起我来了，就跟杨丽商量，小刘中文系的，再怎么着也能写通顺句子，多给他点钱，让他来跟着我改剧本。杨丽也没别的辙，赶紧把我揪过来了。

我倒是愿意参与这事，写剧本有意思，何况还能多赚点钱。我打听过了，搞文字这行的最赚钱的就是编剧了，我积累点经验，没准将来还能混口饭吃。我没想到，最后钱没赚到，落下的全是教训。

杨丽说，小刘，你的任务有点变化，除了写新闻稿，还得帮导演改剧本。

哦，我说。

你放心，我每个月再多给你一千块钱，不让你白干。

我没写过剧本。我说。

导演说，我知道你没写过剧本，我网上搜了你一下，发现你写过诗、小说，有这个就行了，换一种表述方式而已。

那我试试吧。

导演扔过来一沓剧本，上面红红绿绿一大堆批注，我看了两眼，说：这个，是把小胡的戏删掉，然后把七场合成四场，集中在茶馆和妓院里，是吧？

导演使劲一拍大腿：就是，没问题没问题，你能看出这些来，将来也能干编剧。

好好干，杨丽说，导演可是牛人，你跟他能学不少东西。问题得到解决，杨丽似乎很高兴，迈着她短小的双腿在屋里走来走去。她走到宾馆的床头柜旁，停下来，打开柜子，拿出了一条烟，递给我。我以为是一整条，哪知道拿到手一看，里面只有三盒了。写剧本都抽烟，我知道，你拿着抽吧，抽完了再问我要。我其实不抽烟，但不想把这点好处放过去，再说，万一写起剧本来想抽烟呢？导演整理了厚厚的一大摞，把足有一尺多高的剧本打印稿递给我，说：这些拿去改，看不明白的随时问我，我住1203，你几楼？

我三楼，我说，跟两个灯光师一个房间。给他调一下房间，导演说，至少得是个单人间，要不然怎么改剧本啊？再找个笔记本电脑给他，我告诉你，按咱们的情况，得头一天写第二天拍，一点也不能耽搁。剧组耽误一天要花多少钱，你比我清楚。

我马上去办，杨丽说，你放心吧导演。

我换了个小房间，又在剧务主任那儿领了一台笔记本电脑，那时候的笔记本还没普及，我在学校里很少用到。是老式的IBM，黑乎乎的，很厚，开机就开了五分多钟。等桌面终于跳出来时，我都快睡着了。昨天跟道具组一起，完全没睡好，那两人一晚上喝了一箱啤酒，后半夜就不停地上厕所。我拿起导演勾勾画画的剧本，又梳理了一遍线索，然后删删改改，花了两个多小时，才把第一场戏弄完。一看，两千多字，写多了，但又不知道怎么删，就对着剧本一个人扮演所有角色演了一遍。很多落在纸上的话，看着一点问题没有，可一旦用嘴去说，就会觉得又啰唆又别扭。剧组放晚饭的时候，我终于把那几场戏弄妥了，用一个小优盘拷了，去1203找导演。

　　我敲了十几下门，导演才气冲冲地开门，没看清我是谁就大喊：我不是说了吗，晚饭不要叫我，不要叫我。我是小刘，导演，刚改了几场戏，你看看行不行。导演这才认清我，没让我进门，先从兜里掏出烟来，点着了，像喘最后一口气的人那样使劲地吸了一口，但只吐出一点点烟来。他蓬乱头发遮盖的眼睛，像是突然接

215

通了电，一下子亮了起来。

我跟着他进屋，把优盘递给他。他插在电脑上，打开我改的剧本看，烟灰在烟上燃烧了很长一截，他看完了，说：我让杨丽给你加钱，每个月再加五百，她不出，我出。我知道，这活儿算是落停了。导演把桌子下的一个纸袋子递给我，说：这些都是要改的，你拿着，到时候看剧组通告，要拍哪场就改哪场。说完不等我应答，就拿出电话来：我是导演，你给我要点外卖，对，要辣的，再来两瓶啤酒，不，四瓶，送到我房间。

那天晚上，我跟导演在房间里就着辣子鸡块、小炒肉和干锅鸭头喝了八瓶啤酒。喝到四瓶的时候，导演意犹未尽，他一直在跟我讲他年轻的时候到乡下写生，每到一个地方都会遇到一个美丽的姑娘，他给姑娘画像，她们的眼神里带着崇拜和爱慕。但是他没有带走一个姑娘。兄弟，你可能会觉得遗憾，但我不，正因为我一个也没有带走，她们就都把最美好的一面留在我记忆里了，我获得全国美术大奖的那个系列作品《少女》正是凭借记忆画的她们。他喜欢吃干锅鸭头，一个干锅里九个鸭头，他吃了八个，而且每次都把鸭子脑袋嚼碎了，吸吮干所有的汁液，再吐出来。

四瓶喝完，他掏出一百块钱来递给我，下楼，再买四瓶。

我拎着四瓶啤酒上来，一边用牙咬瓶盖，一边问：你为啥又跑来当导演了？

他抢过刚开了的一瓶酒，不用杯子，直接吹了半瓶，说：为啥？因为绝望。

我没懂，就拿着啤酒瓶跟他的啤酒瓶碰了一下。

我从小的愿望是当一个书画大师，真的，不是那种沽名钓誉的，而是真正的大师，古人不敢说，怎么也得是张大千齐白石，最不济也得是黄永玉这样的。我画了三十年，小有成就，我的画能在市面上卖几万块一尺了。可是这时候，我再去看那些大师的画，完了，我就知道我这辈子完了，我成不了大师了，差着十万八千里呢。你还年轻，不明白这种感觉，一个艺术家忽然发现了自己的极限，就好像世界上有十几二十座珠穆朗玛峰，而你就是一个小土包，香山，海拔一千米都不到，那种绝望像锤子一样硬。我不干了，正好这两年影视剧里热钱多，我年轻时也玩过几年纪录片，对导演略知一二，朋友一忽悠，我就来当导演了。

我平时的酒量也就两瓶，现在三瓶酒下去了，竟然还没吐。我确实理解不了，对我来说，有饭吃才是最重要的，什么大师不大师的，能把大学好好读完就行了。我说。

导演没说话，他突然抹了一把脸。我明白，他哭了。

两个人继续喝酒，然后醉倒不省人事，直到第二天杨丽在门外拼命地敲门，才把我吵醒。我忍着头痛开门，杨丽花枝招展地冲进来：疯啦，导演，今天开镜啊。

导演噌的一下坐起来，因为是躺在地毯上，起来的时候头碰到了桌子，他立刻在疼痛中惊醒了。赶紧，把小刘昨天改的几场戏让剧务打出来，分给相关的演员。他冲进洗手间去洗脸。

杨丽皱着眉头，用脚踢地上的酒瓶子：你们怎么喝这么多？

绝望，我说。

她不懂，我头疼，我不想解释，我也解释不清楚。

# 4

翻了一会儿材料，千篇一律，都是大话套话，用来说哪个地方都行，便不想看下去。但潇潇一直在旁边陪着，我只好假装读得津津有味，一边读一边还不时发出赞叹：哇，嗯，厉害，太牛了。蛐蛐抱着自己的军挎包，在旁边打起了瞌睡，也不知是真瞌睡了，还是假瞌睡了，他的头总是往潇潇那边靠。潇潇好几次用手把他推开。他又靠过去的时候，潇潇站起来一躲，蛐蛐栽到了桌子下面，不好意思地站起来：抱歉，抱歉，睡着了。潇潇对我说：你是小……刘对吧，要不要来杯咖啡？这里有现磨的咖啡，巴西进口的咖啡豆。还没等我说话，蛐蛐抢着说：好，进口的好，我也来一杯。

潇潇转身去弄咖啡，蛐蛐又坐在那儿，继续瞌睡。

不一会儿，潇潇端来咖啡，只有两杯，递给我一杯，她自己喝一杯。这回蛐蛐真睡着了，打起了呼噜，嘴角还有涎水流出来。

两个人就有点尴尬，特别是我，老想抬起头来看看潇潇美丽的脸好看的眼睛，可又怕她正看我。我只好拼命喝咖啡，才几口，就把一杯纯咖啡喝了下去，我竟然没体会到苦味。

还要吗？潇潇问我。

我这才抬起头，说：不喝了，喝多了晚上睡不着。

然后又是沉默，她喝咖啡的时候，嘴角沾了一点点浅褐色的液体，衬着嘴唇上的鲜艳的口红，形成了一种特别的美感。

潇潇……我说，要不，你给我讲讲王大师吧，就算是……一个小采访。

你想了解什么？她说。

都行，你随便说，我只是想知道王大师身边的人都怎么看他，这对写传记有帮助。

她低头，喝咖啡，抿了抿嘴唇，那点咖啡痕迹被小巧的舌头轻轻抹去了。

我是前年来到工作室的，然后就一直在给他当助理。我原来是中央美院的，画油画，后来竟然油漆过敏，自己也觉得没劲，就出来了，一个老师把我介绍给王老师。很多人都叫他王大师，不过对我来说没有什么大师不大师，他算是我老板，也是老师。

但是你的工作时间好像是挺长的，现在都晚上了，还不下班。

我就住在这里，无所谓下班不下班的，工作室这么大，有的是房间。除了我，王老师还有两个助理，都住在这里的。再说，我们也省去了租房子和上下班的麻烦了。

如果让你用几个词来概括王大师，你会用什么？

我想想，她把玩着咖啡杯说。蛐蛐的头再一次向她靠过去，她有点紧张，随时准备推开他，但蛐蛐的头在离她几十厘米的地方停住了，一直在保持着倾斜的姿势。我不知道他是怎么在瞌睡中保持这么高难度动作的。

迷幻。潇潇说，第一个词是迷幻。第二个是激情，还有是宏大。

能解释一下吗？我说。

她耸耸肩，说：不能，一解释可能就不是我想说的那个意思了。如果这个世界上有谁能解释王老师是什么样的人，那只能是他自己，他有着超强的语言天赋和讲故事的能力，事实上，如果他没有做策划，去写小说的话，也一定是个了不起的小说家。

就是这个小说家一直在睡觉。我说。我想幽默一下，但听起来愣愣的。紧接着，我又补了一句：你应该去演戏，你长得这么漂亮。

潇潇笑了，说：那是因为你没见过真漂亮的人，或者是见过漂亮的人太少了，少见多怪。

我是觉得你比很多演员都好看啊，真的，我见过一些演员。

这时门响了一下，一个灰暗高大的影子从外面走进来，穿着暗红色的宽大睡衣，拖鞋在地板上发出一种钝钝的摩擦声。我转过头去，但始终看不清他的脸。

王老师，你醒了。潇潇说。

我站起来，蛐蛐竟然也在一瞬间就醒了，而且脸上的表情似乎他从来没有睡着过一样。蛐蛐冲上去，老远就伸出手：王大师，终于见到您的庐山真面目了，我是曲元豪，外号蛐蛐。王大师跟他轻轻握了手，默不作声地走过来。潇潇给他拿来一个满是英文的矿泉水，一只空杯子，倒了一杯水。他坐下，一口气喝了满杯水。这时候我才看清他的具体样子。他长了一张让人一见难忘的脸，这张脸最突出的特点就是每一处都充满自信，虽然他才刚刚睡醒。他似乎有一种难以描述的神秘力量，你只要看他一眼，就会产生信任感，无论他说什么，你的第一反应都是选择相信。

王老师好，我打招呼。

他一伸手，潇潇把一页纸递给他。我瞅见了，是我的简历。

王大师皱了皱眉头，说：就这么个学生？

我没想到他是东北口音，而且是吉林四平口音，因为同宿舍的一个同学就是四平人，这种带着东北口音的普通话我太熟悉了。

潇潇说，王老师，之前跟您汇报过了，这一次写传记我们找素人来弄，不找那些成熟的大公司，他们做东西都成流水线了。我们要做的和别人不一样。他俩今天只是来跟您见面，回去写一个样章，如果不满意，就再换。

我们一定包您满意王大师，您放心，小刘是我们学校的才子，发表过很多东西，还做过编剧。蛐蛐及时补充道。

王大师说，我只强调三点：第一，我是人，不是神，但不是一般人。第二，策划就是战略和战役的结合，策划大师就是万军统帅。第三，文字要好看，也要张弛有度，我可以策划别人，但别人不能策划我。

蛐蛐使劲捅我，赶紧记下来啊，赶紧记。

不用，我说，就三点，我能记住，然后一字不差地复述了一遍。大师略带惊讶地看了看我，又转头对着潇潇：把明天的行程拿出来我看看，然后让阿姨给我煮碗馄饨。

潇潇打开手机，点了一下备忘录，递给他，说：阿姨今天早走了一会儿，馄饨我去煮吧。

潇潇转身去厨房，蛐蛐想跟王大师说话，但王大师完全没有搭理他的意思，他就磨蹭到潇潇那里，咋呼着：我帮你，我帮你。

大师开始看自己的行程，我只好继续翻那堆材料。已经晚上九点多了，昨晚熬夜看球，白天也没补觉，千篇一律的材料把我的困意勾出来了。我强撑着不睡着，可实在太困了，脑袋不停地打着瞌睡。不得已，我在桌子底下狠狠地掐了自己一下，才略微清醒些。

馄饨煮好了，潇潇端了过来，蛐蛐也用一张纸巾擦着双手，好像他干了多少活儿一样。王大师一边吃馄饨，一边说，把明天去上海的行程推掉。可是那边都约好了，而且是一个很重要的项目。潇潇说。

推掉，王大师说，这边有更重要的事，生死存亡。

好，潇潇说，我跟上海联系。

王大师吃完馄饨，像才发现我跟蛐蛐一样，说：一周，写一万字的样章，写哪段都行，到时候看。

明白明白，蛐蛐说，一定不会拖延。我也点点头。

装了一大口袋资料，站起身准备走，潇潇送我们去门口。开门的时候，王大师叫住潇潇，指了指一个柜子。潇潇明白了，转身回去从柜子里取出两百块钱，递给蛐蛐：打车回去吧，太晚了。

蛐蛐满脸堆笑接过来，谢谢大师，谢谢美女。

但蛐蛐没有打车，他坚持等公交。这么好的夜晚，不着急，咱们还是坐公交回去，正好路上聊聊怎么写。我其实有点打退堂鼓，我觉得自己根本写不了这个，把握不了这么奇特的人物。但是又有点不甘心，毕竟稿费在那里诱惑着我，还有就是自尊心，如果现在说放弃，蛐蛐一定会特别瞧不起我的，潇潇更是。

回去的公交车明显快了不少，但依然摇晃。我跟蛐蛐有一嘴没一嘴地聊着该写王大师创业那段，还是他的童年时期。突然间，刚刚翻到过的一篇报道重新跳进脑海里，我想起那上面说，王大师名字叫王巨树，原名王舒。王舒，就是当年我改的那部剧本的编剧的名字啊。这么说，那部剧本就是他写的，或者至少是以他的名义写的。一瞬间，我有点恍惚，觉得自己和这个王大师之间存在着某种神秘的联系，否则不会这么巧，两件事都遭遇他。我没告诉蛐蛐这件事，只是跟他说：下周这个时候，我一定交一万字给你。靠谱，蛐蛐拍拍我肩膀说，等会儿下车，咱们到学校东门的成都小吃消夜，吃碗酸辣粉。

## 5

杨丽消失了。

我给所有认识的剧组的人打电话，都不知道她去哪儿了。有人说，她跑路出国了，还有人说，她被几个投资方雇人砍死了。我觉得都是假的，甚至是她为了躲我们编出来的谎话，她肯定还在北京，就是藏起来了。我到北京电影学院去找过一次，也是无功而返，后来就不找了。

我跟导演还有联系，回北京后，他有一次办画展，给我发过邀请短信。也可能是群发的短信，把我给捎带上了。我倒了好几路公交车，才找到798艺术区。这地方我以前来过一次，但已经完全没印象了。等我到地方，展览已经快结束了，导演正在一个小台子上发表演讲，阐述自己的创作理念。我随意看了看，他画的其实就是传统的国画，以山水为主，跟年画上的也没差多少，但每幅画都加了一点非常现代的元素。在导演嘴里，他的画完全是另外一种解释，我好歹学的是文艺理论，大致能听明白他嘴里那些现代主义、抽象、古典之类的词，但就是没法跟他画里的老虎啊仙鹤啊松柏啊对应上。

他在稀稀落落的掌声里下台，其中一半的音量还是我提供的。导演带着感激的眼神走到我身边，握手。我不知道哪根神经搭错了，把昨天文艺理论课上听到的一些乱七八糟的理论瞎白话了一通，附会他的画。导演

227

再次握了我的手，激动地说：好，你懂我。我有点同情他，心里想混到他这个份上的人也有不如意的时候，也有卑微的时候。展览的最后是鸡尾酒会，也就是一些一群人端着杯子互相敬酒和说久仰。导演和我坐在用垃圾桶做成的椅子上聊天。

戏拍了一半，导演说，黄了。

我一分钱都没拿到。我说。

钱是小事，他说。我心里想，钱对你是小事，对我可是大事。

他继续道，这部戏如果出来，一定会有影响的，能超过当年的《渴望》。对了，给你看样东西。

他拉着我站起来，走到展厅的一面墙前，指着看：眼熟吗？

我这才发现，展厅墙面的背景竟然是打印过的 A 4 纸拼贴成的，再仔细看，里面的内容，就是那部戏的剧本。我吃惊地看着他。

我把剧本全部改了一遍，他说。的确，那些纸上布满了批注，写的都是灯光、镜头、走位，等等。

我晚上还有选修课，又喝了一杯酒就撤了。临走时，导演突然说：你到塔院小区 3 栋4门205去看看吧。我愣了一下，随后明白他告诉我的是杨丽的地址。谢谢，我说，我不想再找她了。找了她不给我钱，也没用。

随你便，导演说，下次我如果再接到戏，我还找你帮忙。

行。我说，还有件事……

你说。

你改的那些剧本，除了上墙的这些，其他的能给我吗？我学习学习。

他没接话，转身去展厅的柜子里，拎出一个纸袋子：都在这里了。

谢谢，我说，接过了袋子。


回到学校，我跑到图书馆自习室里，看剧本看到闭馆。看完这个，我才对编剧和导演这两个工种有了初步的认识，自己琢磨了一下，都不好干。跟导演要剧本的时候，我想自己将来能干编剧，但现在我不这么想了。也许我能写几场不错的戏，但整体架构、人物设定什么的能力不足，顶多适合干枪手，至少现阶段是这样的。

而且，接下来我就得在西方文论课上做读书报告了。我看的是还没翻译过来的一本讲精神分析的弗洛伊德的书，需要跟老师和同学们用英文介绍这本书的基本内容，并找一个中国作家的作品做案例分析。这件事耗去了我绝大部分精力，那本从图书馆借来的原版书的复印本，已经画满了各种各样的标记，大都是字典里查来的单词意思。好在我选好了自己的案例，张艺谋的电影《秋菊打官司》。最根本的困难在于，我得想办法用弗洛伊德老爷子的理论，来分析《秋菊打官司》。

因为刚刚看了一个电视剧的剧本，我学着很多编剧的通行做法，拉片，就是把一部电影从头仔仔细细看到尾，分析其中的每个镜头和情节，找出有没有什么特别的地方或规律。拉了两天片子，我突然找到了破题的办法。

轮到我作报告那天，是一个阴天，但是没下雨。西方文论课是一个小课，总共只有二十几个人，却被安排在一个能坐五六十人的大教室。我打开讲台的电脑，接上优盘，把自己的PPT拷在桌面上。这门课的老师是个老烟鬼，正在门口大口大口地吸烟，等会儿上课了，有一个小时不能吸，要先过足瘾。只来了不到十个学生，还都懒洋洋的。上课铃声响了，老师猛抽一口烟，掐灭烟头走进来，坐在第一排靠门的位置上。

讲吧，他说。

我清了清嗓子，打开PPT，首页是《秋菊打官司》的电影海报。年轻的巩俐穿着大红棉袄扎着围巾，冷静地看着海报外面的世界。男根的消失与找回——对《秋菊打官司》的精神分析解读，这是我的题目。

我用磕磕绊绊的英语夹着汉语，分析这部片子里秋菊其实要寻找的那个说法，并不是简单的正义和公平，而是她丈夫的"男根"。在电影里，秋菊的丈夫被村长一脚踹了之后，性功能受到损伤。秋菊不断地告状，其实是为了找回丈夫的男性自信。等到后来，秋菊怀孕难产，村长找人把她送到医院，秋菊生下了一个男孩。男孩的出生，从另一个意义上是男人男根的找回，因此最初的矛盾也得以化解。大致就是这么个意思吧。

我讲完了，一头汗。赵老师烟瘾犯了，打了两个哈欠，拍了拍手说，不错，提供了新的角度，下课吧。

他噌地钻出去抽烟。终于把这次课对付完了，我收拾书包，准备撤。一个戴粉色毛线帽的女孩挡在我面前，是当代文学专业的瑶瑶，全名姚梦瑶。

你觉得合适吗？她气冲冲地说。

什么？我不解。

当着这么多女孩子的面，说这些，你觉得合适吗？她说。

我这是学术报告，学术，懂吗？我不想跟她纠缠，走出教室。

她一边跟着我，一边喊：刘同学，我觉得你这么做特别不尊重女同学，你这是性别歧视，是骚扰。我加快脚步，她也加快脚步，到楼下的时候，她再次追上了我。

我想起来了，据说在本科的时候，有一个老师在课堂上放了一部电影，电影里有一些暴露甚至性爱的镜头，她冲上去关掉了电脑，还跑到教务处去告状。最后闹到了管教学的副校长那里，幸好副校长是从美国留学回来的，跟她普及了半天西方知识，才作罢。没想到，这次她竟然盯上我了。

你太小题大做了，我说，那么多女同学听课，人家都没事，就你矫情啊。

哼，她们那是不知道自重，我管不了，你必须向我道歉。她的脸因为生气而显出了某种红晕，眼睛清澈，长得还挺好看。

我不想惹麻烦，就说：好，我道歉，行了吧？

她又伸手。

干吗？我说。

把优盘给我。

我犹豫了一下，递给她。她走到旁边的长椅上，坐下，打开随身的笔记本电脑。呵，挺有钱的啊，笔记本竟然是苹果。她接上优盘，点开文件夹，直接把我的PPT给删掉了。我大惊，冲上去想拦截，已经来不及了。

你有病吧？那可是我辛苦了半个多月的成果，我还等着期末交作业呢。

她拔下优盘，递给我：活该。

瑶瑶走了，我看着她的背影，恨得牙痒痒。

第二天，我还没起床，室友说有电话找我。竟然是瑶瑶，她让我马上下楼。我不想理她，直接把电话挂了。几分钟后，就听见她在楼道里喊，刘小磊，你给我出来。我吓了一跳，赶紧穿衣服出去，发现李达、蛐蛐和楼道里一堆男同学正在围观瑶瑶。见我出来，大家伙开始嗷嗷起哄。蛐蛐说，行啊，比我媳妇还厉害。我拉着瑶瑶赶紧下楼。

到楼下，我问她到底什么事。

我要去做家教，可是太远了，我有点害怕，你陪我去。

凭什么啊，我该你的还是欠你的。再说了，你又不缺钱，做什么家教。

我是不缺钱，可我也不乱花钱，我想自己赚钱不行啊。在黑山扈，坐公交车要倒两趟，得一个多小时。

不去，你自己不敢去就辞了，我跟你又不熟，咱俩有仇。我转身要走。

她一把抓住我的手，小声说：求你了。

不知为什么，我心头一软，说：那……中午得请我吃饭，自助餐。

行，她像演戏一样立刻情绪转化，雀跃起来，我请你吃比格自助。

我跟她倒公交到黑山扈站，又往一个建在山坡上的小区走了二十分钟，才找到她做家教的地方。临上楼，瑶瑶说：你可千万要等我，别走。

好，我不走。

进了楼门，她又折了回来，说：身上带钱了吗？

我把几个兜都翻出来，找出八十多块钱，她把钱拿过去，连一分的也没放过。

钱存我这儿，这样你想跑也跑不了。

我身无分文，只能在小区里瞎转，等她。

两个小时后，她下课了，跟她一起出来的是孩子母亲，对她千恩万谢。

看见我，孩子母亲说：男朋友？

朋友，瑶瑶说，然后笑了。

孩子母亲说，小伙子，瑶瑶是个好姑娘，珍惜啊。

我们坐公交回去，她把那堆零钱还给我，说：对不起啊。

我不想说话，两个人在公交车上沉默着。路上颠簸，我们的身体偶尔会碰到一起，她不躲避，我也不控制。

你知道吗？她突然说话，瑶瑶是一个残疾女孩。

我冷笑了一下。

我做家教的那个孩子，小名也叫瑶瑶，她腿是小儿麻痹，不能走路。我其实不是家教，因为我不收钱，我免费给她补课的。

这还真令人吃惊，我坐直了身体，说：你说的是真的？

她点点头，说：瑶瑶很可怜，我是在网上看到她的事的，所以我才去给她补习。这样，她就有希望考进中学，然后上大学。我忍不住捏了捏她的手，说：没想到你还是个好人。

我本来就是个好人。她说，又用那对眼睛看着我，倔强中带着笑意。

但是我的自助餐可不能省，我不是雷锋，做好事必须有好处，我的梦想就是当个食客。

少不了，撑不死你。瑶瑶说。

我们很快就确立了男女朋友关系，虽然我对她说不上多么喜欢，但跟她在一起，还是挺开心的。她总是做出人意料的事。接触了半个月，我们拉了手，接了吻，但我还不知道她具体的家庭情况。我又陪她去黑山扈做了两次家教，她不再收走我的零花钱了，我也不会私自走掉。因为她说，只要我等，她出来的时候就能吻她。为了缠绵动人的长吻，我当然愿意等。我们从黑山扈出来，不远处有一个小山，叫百望山。我们花一个小时走上山去，然后找没人的树林里拥抱、接吻。

后来家教那家人搬家了，到了更远的昌平，瑶瑶就不再去做家教了。但我们还经常去百望山登山，我的生活突然转换了色彩和节奏。

## 6

整整在宿舍里憋了六天，我才把王大师的传记码到两万字。前三天还是看材料，总算找到些有意思的点，确定了样章先写王大师当下情况，因为我提出了一个构思，就是以倒叙的形式来写。我把构思告诉蛐蛐，他极力反对，我说如果换一个方式，我就不写了，他没办法，把想法告诉潇潇。潇潇直接给我打过电话来，说：按你的意思写。

思路理清了，废了十几个开头，终于找到了恰当的语感，接下来就好写了，毕竟是纪实性的东西，不需要挖空心思虚构，只要把那些发生过的事换一套新的说辞就行了。码完两万字，我手都快抽筋了，直接发给了潇潇。潇潇说过，写完了她先看，然后再给王大师。

当天下午，潇潇给我打电话，说下午有车到学校东门接我，王大师要见我。我问她，蛐蛐呢？潇潇说，不用管他。我放下电话，去上洗手间，看见蛐蛐正在那里刷牙，黑眼圈黑得像熊猫。咋样，样章有反馈没？他一嘴牙膏沫子问我。我犹豫了一下，说：还没有。我有点心虚，撒完尿赶紧去操场打球。我怕一会儿蛐蛐再来找我。

这是我第一次坐这么好的车，奔驰。一个司机，潇潇坐在副驾驶。你也来了？我有点吃惊。潇潇说，我出去办事，顺道。我上车，能看见潇潇的背影。奔驰拐来拐去，我想问问潇潇对样章有什么意见。潇潇，我写的那个……没等我问出来，潇潇就接过话说：刘老师，王老师对样章很满意，应该说是……惊喜，他说超出了他的预期，所以让我来接你，他想亲自和你聊聊。

潇潇的话让我立刻心情好了起来，身子不由自主地坐直了些。潇潇，你呢，你看了有什么意见？潇潇回过头笑了一下，说：我当小说看的，好看。我坐得更直了，身子往前凑，说：意见呢？

一会儿再说，潇潇道。

我只好坐回座位里。

我们这次是在王大师巨大的餐厅里聊的，一边聊一边吃晚饭。王大师是东北人，却喜欢吃辣，桌子上的菜都是川菜，水煮鱼、麻婆豆腐、辣子鸡丁，主食是手擀面。潇潇拿出一瓶红酒，给王大师、我和自己都倒了一杯。我喝不出所以然来，只能拼命吃菜，却又被辣得难受，又只好大口喝酒来抵消。

酒量不错，王大师说，文章写得也不错。

谢谢。

我现在想你直接帮我写，不通过蛐蛐那里了。

这……不太好吧？

239

为什么？该给他多少钱，我会给他。只不过我不喜欢这个人，格局太小，不是做大事的人。

我还是觉得有点不太好，他是我同学，这活儿本来就是他介绍的。

你不用担心，潇潇接话说，我跟蛐蛐去沟通，他也会得到应得的报酬。

那……好吧。不过，要写完一整本，你们前期提供的材料远远不够，我还想给你做个访谈，深入一点的。

可以，王大师呷了一口红酒说，潇潇会安排时间。我只有一个要求，两个月出活儿，最少二十万字，稿费给你五万。

五万，我吓了一跳，说：行，我就算不睡觉也一定完成这个。

有了这五万块钱，我就能舒舒服服地把研究生读下来了，这活儿值。

王大师接了一个电话，对着电话说：下周，我过去，那个项目再想办法。

大师挥手，让潇潇送我出去。潇潇点点头，走进工作室里面，掏出一个信封来，递给我。

这是一万块钱定金。潇潇说。

我接的时候，激动得手有点哆嗦。要不要……我写个收据？

不用，潇潇捋了一下头发说，一万块钱不至于，王大师对朋友向来信任。看着我局促的样子，潇潇忍不住笑了一下。我感到不好意思，但就是控制不住自己。我出来时没带书包，也没地方放一万块钱，就这么一直在手里捏着。出门时，打着电话的王大师，把喝剩下的半瓶红酒递给我。就这样，我一只手拎着半瓶红酒，一只手攥着我这辈子拿过的最多的钱，回到了学校。

我上楼的时候，刚好蛐蛐从厕所里提着裤子出来，嘴里叼着一根快要烧到头的烟。我正找你呢，他眯着被烟雾缭绕的眼睛说，大师那边那个小妖精刚给我来电话了。小妖精？我愣了一下，后来反应过来他说的是潇潇。哦。我有点心虚。

这啥？他看见了我手里的东西。我拿着钱的那只手本能地一缩，他抓住了红酒瓶子。红酒啊，还是外国的，你哪儿来的？我告诉他，是一个老乡请客吃饭剩下的。刚好，蛐蛐说，你等我一会儿，我去买点花生米鸡爪，咱俩庆祝一下。

蛐蛐在厕所门口的墙上摁灭了烟头，趿拉着拖鞋去楼下小商店买东西。我赶紧开门，到宿舍里，把一万块钱锁进柜子里。可能是太紧张了，一甩手打翻了红酒瓶子，等我扶起来时，半瓶红酒又洒了一半。我看见桌子上的水杯，端起来，往瓶子里倒了一点，然后拎着去蛐蛐宿舍。

门开着，李达不在，我坐在他椅子上。几分钟后，蛐蛐带着一包花生、一包辣条和一包泡椒凤爪、两罐啤酒走进来。小妖精说，书暂时不做了，不过给我们两千块辛苦费，咱俩一人一千。有点遗憾啊，蛐蛐说，这活儿如果接下来，能赚不少。不过也正常，这些大师资源太多了，咱们也没什么名气。我把红酒递给他，说，我喝啤酒，红酒我喝不惯。他美滋滋地接过去，说：我喜欢红酒，这是品位和身份的象征。妈的，哥们的理想就是混成一个每天健身、喝红酒的上流社会。

那天下午，我们喝了十多罐啤酒，我后来又下去买了一次。蛐蛐酒量一般，红酒喝完，喝到第二罐啤酒的时候，他就醉了。喝醉的蛐蛐像变了个人，有点忧郁，在他讲述自己风流韵事和苦难史的间隙，还夹杂着几句诗。蛐蛐说，他上高中的时候，就把当时女朋友的肚子搞大了，借钱去小诊所流产，女朋友差点死在手术台上。大学读的是师专，毕业后就回到镇子上的职业中学教书，然后经人介绍，娶了媳妇。但是在那个吃喝不愁的小镇上，他感到孤独，也不是曲高和寡，就是一种没人能和他认认真真聊点什么的孤独。为了排解这种情绪，他在自己教的班级里成立诗社和戏剧社，虽然只是写点打油诗和抒情诗，戏剧社也就是模仿个春晚小品。等到他老婆怀孕，他终于明白自己其实就是不甘心，想改变点什么。他就自考了本科学历，又借此机会把工作调到了地级市里。孩子上小学了，他又不安分起来，跟一个女老板搞在了一起，开了个小公司，赚了点钱。女老板破产，他就跟她断绝了来往。这时候，他已经享受过堕落的快感，想离婚，可他老婆死活不放他。后来他背着老婆考了教育硕士，到北京来念书。

我默默听着他碎碎念，也分不清哪些是真的，哪些是编的。有好几次，我都想告诉他写传记的活儿被我截胡的事，可始终鼓不起勇气。我知道，一旦我说了，他

243

肯定会让我分钱给他。我不想分钱，所以我说：蛐蛐，王大师给的两千块钱，我不要，都是你的。

真的？他醉眼蒙眬地问我，继而哈哈大笑，说：我知道你小子怎么想的，你诈我呢是不是？你是不是觉得不止两千啊？好吧兄弟，我不瞒你，确实不是两千，是三千，但这活儿是我介绍的啊，我忙前忙后多拿点不应该吗？

你误会我了蛐蛐，不管是三千还是两千，我都一分不要。

他看着我，安静下来，似乎在猜测我这句话到底什么意思。两个人沉默了一会儿，他使劲捏了捏手里的空易拉罐，打了一个嗝，身子一歪，倒在自己的椅子上，睡着了。

蛐蛐，蛐蛐。我叫了他两声，他回过来一声呼噜。也许他真睡着了，我想。我把宿舍里的啤酒罐子、花生皮之类清扫了一下，扔到垃圾桶，给他关上了门。

酒让我有些燥热，虽然天气已然凉了。走在校园的梧桐树下，半枯黄的叶子时有飘落。西操场上，那些踢球的人正叫叫嚷嚷，师大最著名的乌鸦已经占满了高大的梧桐树。树下有长椅，椅子的左半边是乌鸦大便的痕迹，右半边还算干净。我坐下来，对今天的一切仍然感到恍惚。我想到了那一万块钱，得先把借李达的几百还了，然后去中关村换一个大一点的内存，那个二手电脑太慢了。我要写几十万字，电脑可不能掉链子。还有就是，既然要瞒着蛐蛐，就得瞒到底。我在宿舍写的时候，怎么才能不被他发现呢？代号，我忽然想到了，我要用乌鸦来代替王大师。这样，就算蛐蛐看到了我正在写的文件，他也猜不到是王大师了。

我决定把这份文件命名为《乌鸦》。

7

我正跟瑶瑶在食堂吃饭，电话响了，是潇潇。

每一次潇潇打电话都是急慌慌的，这一次也是，说车已经到了学校南门，马上走。我告诉瑶瑶，自己得去办事。瑶瑶说，什么事啊？我说就那个大师的传记，那边让我过去。瑶瑶说，那你去吧。

这次只有司机，潇潇没来，我坐上车，并没有去大师的豪宅，反而直接到了机场。

在机场见到潇潇，她说：身份证给我。干吗？我犹疑着掏了出来。订机票，等会儿我们一起去江州，谈一个大项目。晚上你正好跟王老师做访谈。潇潇说。

我把身份证给她，然后给瑶瑶打电话，说得去外地几天。瑶瑶也没说什么。

在江州下飞机，直接走的是VIP通道，出机场上了一辆豪华商务车。车行一个小时，开进一个大院子里，看起来是一处私人会所。等坐到会所里巨大的圆形餐桌旁，我才知道，接待我们的竟然是江州的副市长和宣传部长。一见面，他们都热情洋溢地握住王大师的手，说久仰久仰，这次这个项目，王大师一定要鼎力相助。

饭局超出我想象的豪华，海参、鲍鱼、三文鱼，都是我没吃过的东西。潇潇坐我旁边，饭菜的香味始终压不住她身上淡淡的香水味，我不断提醒自己别心猿意马。潇潇偏给我夹了一块海参过来，说，王老师说，带你见识一下他的工作方式，对你写传记有帮助。这工作也太爽了吧，我说，就是腐败嘛。潇潇说，哪有那么容易，你以为吃饭就是吃饭？吃饭也是谈判，更是战场，一个不留神，可能几十万、上百万就没了。我抬头看了看，王大师和副市长窃窃私语，不时会心哈哈大笑。宣传部长则端着一个分酒器，不停地跟各个嘉宾敬酒。敬到我跟潇潇这里，部长说：美女，咱怎么喝？潇潇站起来说，梁部长，我喝不了酒。这位是我们工作室的新人，姓刘。王部长说，美女喝不了，你不能不喝了。我便跟他碰杯，在潇潇的注视下，一连碰了三个。

刚坐下，潇潇说，没想到，你酒量还不错啊。

我说，我替你喝了酒，你欠我人情。潇潇说，行，你记账上吧。她就势又夹了一块鱼给我。

饭局完了，我以为会回酒店去休息，不是，部长又拉着一群人到了KTV，开始唱歌。王大师一曲《跑马溜溜的山上》，声嘶力竭，倒是让我看见了他普通人的一面。潇潇自己不唱，就在那儿帮忙点歌，我则唱了崔健的《一无所有》。其间瑶瑶给我打电话，也没听见。我上厕所的时候看到有未接电话，给她打过去，显示已经关机了。

酒还是喝多了，也累，我回到宾馆连澡也没洗就睡了。之前我最怕宾馆的床，软塌塌的，被罩床单一股消毒水味，枕头也是海绵的，睡在上面像睡在虚空里。这天却一直睡得沉，直到窗外的阳光把我晃醒。昨晚睡时，忘了拉上窗帘。

我起来，看外面空气清新，阳光明亮，打开露台的玻璃门，走进去，身体微微一凉，但很快适应了。深呼吸几口，又伸了几个懒腰，一扭头，发现隔壁房间的露台上，一个女孩正蜷缩在躺椅里，手里拿着宾馆的速记纸和铅笔，在那里画素描。是潇潇。她看起来刚洗完澡不久，头发上仍有湿润的气息，宽大的睡袍遮住了曼妙的身材，只露出一小段光洁的小腿和脚。脚指甲上涂着豆蔻红，远远看去五个指甲像一串红色的珠子。我忍住喊她的冲动，就这样静静地欣赏。她感觉到有人在看她，抬起头，笑了一下，说，马上。几分钟后，潇潇站起来，走到我这边，两个露台虽然没有挨着，但隔得很近。她把手里的那张画撕下来，递给我，说，好了，你的人情还了。转身旋转着进了屋里。我展开那张画一看，她画的是宾馆对面的一栋仿古建筑，还有西边隐隐波光的江州尚湖。

早餐时，我跟王大师坐到了一个桌上。王大师说，访谈咱们得往后推推了，事情进展超出想象，下午有个研讨会，你也参加。我说，那传记怎么办？王大师说，先把项目搞好，传记慢慢来。我只能说，好的。

下午开会，会前是一个签约仪式。等会议开始，我才弄明白，就之前黄了的那个《情断风州》的项目，现在改名为《情满江州》继续做，演员还是那帮演员，只不过导演换了，还把所有和风州有关的东西，全部改为江州。

我是第一次参加这种会议，大开眼界。王大师在阐述这个项目的时候，差点把一部电视剧说成能得电影奥斯卡奖，讲到动情处，他眼含热泪，也把在场的一班人说得红了眼圈。王大师说：对我们江州来说，钱不是问题，问题是怎么花钱。这些年很多城市才明白过来，如果经济发展了，你的文化上不去，经济就不能持续。这次的《情满江州》，将投资一亿元，打造三个主要的景点，并且在拍摄完之后，这三个景点都会成为江州的旅游名片。

之后是导演发言，这是一个拍了很多热播剧的导演，光头，叫吕平。导演说，这部戏是一部大戏，他要拍出人物，拍出人性，更要拍出江州人民的性格，布拉布拉布拉……

听了半天，大致了解了情况，但对写传记没什么实际的帮助。我跟潇潇说，还是尽快安排时间跟王大师做一个访谈，我也不能老在外面漂着，学校里还有课呢。

潇潇说，女朋友催你了？

没有，我说。

放心吧，我会尽快安排，就这两天。

但等到两天后我回北京，也没跟王大师谈上，他又去另一个城市了。据说，那个城市要搞一个主题公园，请王大师去做策划。潇潇跟我一起回北京，在飞机上，潇潇发起了烧，感冒了。下飞机给瑶瑶打电话，说我得晚点到学校，要先把潇潇送回去。

到了王大师的别墅门口，潇潇说你进来待会儿吗？我说不去了，转身准备回去。但路过药店，就进去买了几种感冒药，又回到别墅。再敲门，半天没人应答，后来保姆终于来开门，说：不好了，潇潇晕倒了。我赶紧打车把她送到附近的医院，做了个血常规，医生说没事，就是血糖低。潇潇挂了一瓶退烧的药，又补充了糖分，人好了很多。

我这才急忙赶回学校，已经是半夜。

我刚到宿舍，室友就说今天瑶瑶和蛐蛐都来找我了，一个个看着都面色不善。瑶瑶我能明白，蛐蛐怎么回事？

第二天，我才知道，蛐蛐已经知道了这个项目的事。我不在的这段时间，有一天，瑶瑶来我的宿舍，她知道我电脑密码，直接把电脑打开了。正好蛐蛐过来，看见了电脑上的文档，本来也没起疑。但瑶瑶说，这个破传记写到啥时候啊，人跑出去这么多天。蛐蛐就借机看了看，明白了是怎么回事。


第二天上午，我还没睡醒，瑶瑶和蛐蛐又一起到宿舍里了。蛐蛐直接打了我一拳，正中左眼眶，不一会儿我的眼眶就跟他的很像，成了黑眼圈。瑶瑶本来也是兴师问罪的，但看蛐蛐一见面就把我打了，她开始跟蛐蛐撕扯。你怎么回事？有病啊。瑶瑶扯着蛐蛐的衣服说。蛐蛐趁机挽了挽袖子，说：你问他，我告诉你，这种男朋友不能要，背信弃义，忘恩负义。那你也不能打人啊。我揉了半天眼眶，说：蛐蛐，这事是我不对，但你也不是什么好鸟，你别以为我不知道潇潇给了你多少钱。蛐蛐又想动手，瑶瑶说，你再动手我打110。蛐蛐哼了一声，说：丫头，你就等着后悔吧，你知道这几天他跟谁在一块？一个小妖精，我告诉你。

滚，瑶瑶骂他。

蛐蛐骂骂咧咧地走了，瑶瑶摸摸我的眼眶说，疼吗？成了熊猫眼了。

要不你再给这边来一拳，两边协调了。我说。

还贫？瑶瑶说，这一拳本来要打的，但那也得是我打，别人不能打。先记账上。

我趁势从兜里掏出一条链子，递给她：给你的。

这是我在酒店旁边的小商店买的，花了二十多块钱。本来我想买个贵点的礼物，但没时间去逛街，只能将就。

没想到瑶瑶还挺喜欢，说：算你有良心。转脸就问，小妖精是谁？

我笑了一下，说：他的话你也信？我不是跟一个策划大师写传记吗，大师有一个助理，是女的。你别这么看着我，人家是什么身份，我是什么啊，一个枪手，怎么会看上我？就算她看上我，我也看不上她，我喜欢我们瑶瑶这样有文化的，对吧？

费尽口舌，总算把瑶瑶的不满彻底抚平，晚上一起出去吃了个饭，这回我请她。

不能等着王大师了，我得马上开工。接下来的一个月，我开始疯狂地码字，每天不码完五千字不睡觉。这种强迫性的创作还是有效果的，我已经积累了二十万字的初稿，虽然很多地方是梦游般写下的，但这部书的整体算是有谱了。

其间，我终于去大师家里做了一次访谈。这一次，潇潇帮我安排了一整天时间，从早餐开始，到王大师晚上休息，有十多个小时贴身访问。我把能想到的所有问题都问过了，他也毫不回避地回答了，算是一次深入采访。完事之后，潇潇说，整理录音太琐碎了，交给她，我专心写传记。

两天后，潇潇把五六万字的录音稿发给我，一个清清爽爽的文档，小四号字，首行空两字，1.5倍行距，几乎和我写字时word文档的规格一模一样。我心里一惊，想潇潇真是太有心了，她肯定是照着我发给她的文件把格式统一的。并且，访谈时那些口语化的、重复的东西都被整理过了，很多段落我几乎可以直接复制过来用。看着这个文档，我心里想，不愧是大师的助理，做事真是有条理，靠谱度百分之两百。我给潇潇发了一条短信，说：潇潇，我都不知该怎么感谢你了，这个对我太有用了，要不我请你吃饭吧？潇潇只回了一个字：好。我再问她什么时间，什么地点，想吃什么，就没有回音了。我也不好打电话过去问，这事就这么过去了。

我码完初稿最后一个字的时候，已经是夜里一点多，室友们打呼噜的打呼噜，说梦话的说梦话。我身心俱疲，也身心放松，给潇潇发了个短信，说初稿OK了。然后蹑手蹑脚走出去，楼下小商店竟然还开着。我买了一罐啤酒，一盒烟，蹲在树下抽烟喝酒，心里想，他妈的，这五万块钱算是有一半装兜里了。天已经凉了，但温度还没到零下，就是来暖气前几天那种气候。我蹲得有点瑟瑟发抖，就站起来跺脚，这时电话响起来，是潇潇打来的，她只说了两个字：东门。

一辆吉普车孤零零停在东门的天桥下，潇潇坐在驾驶位置，她探过身子打开车门，我坐进去，吉普车一声吼叫，飞一样冲进了人车稀少的马路。

　　这是我第一次到后海的酒吧。以前跟同学来后海玩，只是路过，但从没进去过。我知道里面的酒不便宜，消费一次，怎么也得千儿八百的，我可没这么多闲钱。但是这回潇潇直接把我带了进去，虽然是凌晨，人依然很多，一个小乐队在台上唱着《小情歌》。凑近了看，朦胧灯光下那个唱歌的，竟然是最近很火的一个选秀歌手，好像进了全国前二十。他唱得挺好。除了去KTV，我很少听到有人唱歌，所以冷不丁听到真人的歌声，瞬间有种酥麻的超现实感。

　　我跟潇潇找地方坐下，潇潇帅气地打了个响指，酒保拿来半瓶酒，应该是她之前存下的。喝了三杯酒，两个人都没说一句话。歌手仍在唱，歌声缠绵，像这朦胧的灯光。最后还是我忍不住，说：潇潇。

　　她拍了我肩膀一下，说：唱的什么呀，难听死了。接着把外套一脱，穿着一件吊带冲上了舞台，抢过歌手手里的麦，冲乐队喊：张楚的《姐姐》，会吗？吉他手愣了一下，点了点头。潇潇把麦一挥，音乐声响起，她像换了一个人，立刻迸发出我从未见过的力量，那些本来朦胧的灯光也都聚集起来……姐姐……第一句从她嘴里唱出来，我如同被闪电击中，浑身发抖，不由自主地站了起来，跟着她唱：姐姐，我要回家……姐姐，我要回家……

等潇潇下来，回到桌子旁，我已经泪流满面。我其实不太清楚自己为什么哭，我没有特别郁闷的事，也不想为我们这代人或者这个社会承担什么，我甚至也不是因为对漂亮的潇潇有什么其他想法，但那一刻就是忍不住去唱，去流泪。我想，可能是我心里有许多我自己都不清楚的东西存在着，潇潇一句歌就把这些东西勾出来了。对，就是这样，西方文论课上老师讲的那个弗洛伊德说的那些无意识，那些隐藏在我日常情绪背后的根本性的东西。但是我找不出具体是什么。

潇潇把我的酒杯倒满，她的也倒满，举起来。我抹了抹脸，说：真惭愧，让你笑话了。潇潇笑了笑说，没想到你还这么性情。整晚都在喝酒，但几乎不说话，一般情况下，我们会觉得尴尬，但很奇怪这天晚上没有，好像就应该如此。两个人有了种十几年老友在一起的自然感。

从酒吧出来时，天已经微亮。潇潇喝了那么多酒，竟然还敢开车，而且不系安全带。看着她，我也把安全带松了回去。你系上吧，她说。我摇摇头，说要死一起死，不然还得跟别人解释。我们两个就这样在三环路上行驶，绕道健德门转弯，又从花园路往南到了东门。在北太平桥的时候，我们看到了一辆警车在查过往车辆。我的心提到了嗓子眼，但潇潇一直很淡定，趁警察把一辆车拦住的时候，她猛地打轮，飞快地拐到了另一条路上。车速很快，我握住了车篷上的把手。潇潇突然哈哈大笑起来，说：我从开车起就想来这么一次。

凌晨的学院路空无一人，但是夜空中有乌鸦一群群飞过，偶尔的叫声让整个夜晚显得清冷深沉。

## 8

开始修改王大师被我命名为《乌鸦》的传记，这是一项非常复杂而纠结的工程。我不得不随时面对各种删改，最主要的是，有时候不得不删掉我认为写得非常好的段落，而需要补充的常常是一些无聊的材料，写到最后，我自己也分不太清哪些是新闻材料，哪些是文学演绎了。修改稿子花去了我二十天的时间，几乎跟写初稿的时间相当。这期间，《情满江州》顺利开机，王大师给另一个城市做的整体策划，也隆重推出。电视上每天晚上十一点后，都能看到王大师的那句广告词：这里就是你的桃花源。然后是一首以地方景观为背景的MV，作词当然也是王大师，两个时下非常当红的男女演员出演，一身古典装扮，在湖水、竹林、小桥、民居间卿卿我我。

整部书稿达到了二十三万字，熬了一个通宵之后，我一大早到宿舍楼地下室的打印店去打印了三本，还用硬壳纸做了封皮。打印店旁边的商店卖简单的早餐，我吃了两个包子、一个茶叶蛋，喝了一杯豆浆，然后走出校门去打车。

此时已是冬天，马路上的商店有的都贴上了圣诞节装饰，只是一直没有下雪。后来被称为雾霾的事物，已经开始时不时袭击北京，只是那时人们不知道也不太在意。雾霾像一个恶作剧的孩子，突然来临，赖着不走，等你已经心力交瘁不愿意为它再焦虑的时候，它又随着一阵风悄然而逝。这一天的早晨，持续了三天的雾霾已经彻底消失，整个城市都沉浸在一种劫后余生的清冷之中，呼吸进口鼻的空气虽然有些凉，但清新，刺激得鼻黏膜微微肿胀。

三天没出门了。

我招手，坐上出租车，出租车的电台里，正播放汪峰的《北京北京》，车里有暖气，让人瞬间就犯困，我闭上了眼睛，很快就在摇晃中睡着了。

醒过来的时候，看见的竟然是潇潇。据司机说，他怎么喊我都喊不醒，刚好出门买早点的潇潇看见了，她顽皮地把冻得冰凉的手，伸进了我的后脖颈，我才醒过来。

她给司机付了钱，问我：你怎么来了？

我扬了扬手里的稿子。

完成了？她有点惊讶，速度够快的。

之后，我跟她一起去旁边的一家早餐店买早饭，然后拎回去。王大师还没起床，我跟潇潇坐在餐桌旁。她又热了牛奶，倒了一杯给我。我捧着暖手，没有喝。

潇潇脱掉了刚才穿的红色羽绒服，里面是一件浅粉色的睡衣，整个人看起来粉嘟嘟的。已经长长的头发，蓬松而随意地用一条皮筋扎着，但额头附近的细小毛发没有被收拢，有些调皮地微微摇动着，让她看上去有一种海棠春睡足的慵懒。你真好看，我不由自主地说。潇潇笑了，打住，再说我也要告诉你们家瑶瑶了。我说，潇潇，我说的是心里话，我没非分之想，也不打算背叛瑶瑶，但我没法忍住不去欣赏你的美丽，这是人的本能。

行了行了，不用甜言蜜语，你这是写完了稿子，怕我跟王老师说什么不利的话吧？

嘁，这么高尚纯粹的赞美，怎么让你说得这么庸俗啊。康德老爷子说了，审美，审美，懂不？就是无目的的合目的性。

潇潇的神情还是似信非信。我举起手发誓，说，我对你就是审美，就像我对大自然一样。

潇潇走过来，把手贴在我的脸上，我一惊。继而，她竟然笑着坐在了我身上，身子一歪，我一伸手搂住了她。这时候，我更近距离地看到了她的脸和眼睛，还有细细的刘海、耳垂，并且嗅到她身上那种少女特有的味道。我禁不住咽了一口口水。潇潇还是在笑，她抓住我的另一只手，放在自己的乳房那里。我的心剧烈地跳动，身体也有了一种自然反应。潇潇突然哈哈大笑，然后起身跳开了。

我满脸通红，快速地站起来，结果大腿顶到了桌子，那杯牛奶在摇晃中洒了一半。

我拿起书稿，准备离开。

潇潇却挡在前面：好了好了，跟你开玩笑呢。

我很窘迫，却不知该说什么，只能绷着脸。其实我是对自己感到惭愧和愤怒，我并不能抵挡潇潇的诱惑，我以为我可以的。或者我以为我对潇潇，真的没有什么非分之想，但这不过是自欺欺人而已。但是我知道，我和她之间永远没有可能。

两个人这么尴尬地僵持了一分钟，王大师趿拉着鞋从里面走出来。

干吗呢？他说。

潇潇接过话，说：小刘完成任务了，过来送稿子。

好，王大师坐下，开始往面包上涂抹黄油和果酱。

我一咬牙，转身回到餐桌旁，把两本打印好的书稿放下。我已经尽力而为了，您看看吧。

王大师一边吃早餐，一边翻开那本传记。我就坐在旁边，潇潇走到对面，给王大师倒牛奶，还抽空对我做了鬼脸。

王大师一直看了几十页，然后拿起书开始快速地翻了一遍。

你看了吗？他问潇潇。

我看了一点，最后定稿的还没看。潇潇说。

王大师说，小刘，我请你写的是传记，名人传记，不是小说。你这本书里，很多事确实是我做的，但整本书根本不像一个名人传记，反而成了以我为原型的一本小说了。

我心头一震，从未想过这个问题，现在想来……潇潇拿起另一本，快速地翻看起来。翻了一遍放下，看看我，又看看王大师，说：这应该是最特别的一本传记了。

王大师摇摇头，站起身来，走到旁边的柜子旁，打开一个抽屉，从里面拿出了一摞打印稿。

他把打印稿递给潇潇，潇潇翻看了一下，又递给我。

这也是一本王巨树大师的传记，题目叫《我创造整个世界：策划大师王巨树自传》。我有些发愣，抬头看着王大师和潇潇。这时门开了，保姆领着一个人进来，是蛐蛐。

蛐蛐看着我，冷笑了一下，转头对王大师说：稿子您看了吧？

王大师说，潇潇，把电子稿拷下来，然后给他打五万块。

潇潇看了看我，说了声哦。我终于明白了，原来在我写的同时，蛐蛐也带着人在写。王大师第一次不满意，蛐蛐发现我偷偷在写，并且给了我一拳之后，他又找了王大师，提供了一个全新的样章。这份样章得到了他的首肯，但王大师很想知道两拨人写出来的会怎么样，所以并未跟我解除合约。换句话说，我们两个一起竞争，我输了。

潇潇，你知道这件事，对不对？我冲潇潇喊。

潇潇刚把蛐蛐优盘里的电子文件拷好，站起来说：对不起，那天晚上，我想告诉你，但……

哈哈哈哈，我忍不住笑了起来，心里难过极了。王大师和蛐蛐涮了我，我生气但不难过，我难过的是潇潇跟他们一起瞒着我。我把自己写的两本打印稿拿起来。王大师说，有件事我得提醒你，你这本书里以我为原型写的，没有我的授权和许可，不能发表任何一个字，也不能放到网上。

我气急了，直接把两本书稿使劲地扔在桌子上，摔门而出。

9

去剧组半途而废，写传记铩羽而归，我开始安安心心跟瑶瑶在学校里看书，写论文。之前期待的富足的研究生生活不能实现，前期拿到的一万块钱，很快就花完了，我又不得不开始经常需要瑶瑶接济的日子。我想再找几份家教，但瑶瑶不让，她说性价比太低了。

二〇〇六年的春天，天气真正转暖的时候，我从网上看到《情满江州》杀青的消息，王巨树以编剧的身份出席了关机发布会，侃侃而谈。我没有再跟潇潇联系，她也没跟我联系。那时候还没有微信朋友圈，人们相互联系的方式就是打电话，发短信，发邮件，QQ聊天，当然还有一些其他的陌生人聊天软件。我只有潇潇的电话号码和邮箱。其实说我没跟她联系过不准确，有一次，好像是跟瑶瑶吵架，然后喝了点酒，我给潇潇打过电话。不过我是用马路边的公用电话打的，潇潇的电话已经成了空号。我去网上搜王巨树这段时间的新闻和活动照片，其中没有任何和潇潇有关的信息。

我跟蛐蛐还是互相不说话。他的小公司发展顺利，王巨树的传记顺利出版，帮他们打开了市场，随后他们以每个月一本的速度推出了几个企业家的传记。蛐蛐买了一辆大众汽车，开到宿舍楼下，他穿的衣服也开始带上了外国标签了，真假不知。对了，他还开始戴墨镜了，遮住了天生的黑眼圈。李达说，蛐蛐经常夜不归宿，他老婆几次冲上宿舍，可堵住的都是李达和室友。后来，他老婆终于得知，蛐蛐在学校附近租了一个两室一厅的房子，客厅就是公司的办公室，一间卧室自己住，另一间给其他加班的员工住。我听说，有时候加班到深夜，某个女员工也会钻进他的房间。

而我和瑶瑶的感情，终于走到了头。就像开始得不知所然那样，结束得也是莫名其妙，反正就是有一天她说咱们分手吧，我说好的，然后就没有再联系过。

我只在学校遇见过蛐蛐一次，是在学五食堂。当时我正在排队打饭，又得用李达的饭卡，我一直很惭愧，正跟服务员强调只要西红柿炒鸡蛋一个菜时，蛐蛐带着三五个人从旁边大声走过。我听见他说，何总，这是我们的食堂，怎么样？是不是找到点当年读大学的感觉？您是92级的吧？那时候师大当然没这么好的食堂，但吃饭的氛围应该差不多吧？头发已经快掉光的何总频频点头，说好好。蛐蛐的眼睛一直在何总身上，完全没看见我，就这么走了过去。那顿午饭，我最后连西红柿鸡蛋也没吃，跟李达说不太舒服，让他自己吃。

我出了食堂，看见蛐蛐他们上了几辆车。我跟在车后，汽车在学校里开不快，我能跟上，但到操场旁边人就少了，汽车开始加速，我拼力快跑，还是几秒钟就被落下了。旁边的操场门开着，我进去，开始绕着跑道跑圈。至少跑了二十圈吧，我直接累瘫在跑道里面的足球场草坪上，腿也有点抽筋。我拼命扳着自己的脚，终于把抽筋缓过去，胸腔里一阵被刺激的疼痛。我就这么躺着，不想再起来了，我太累了。脑海里浮现的都是这段时间看的西方理论，精神分析、后现代、新批评、德勒兹、哈贝马斯、术语和大师们乱作一团。他们在辩论，他们在争吵，他们在拥抱，他们在亲吻，啊，他们脱光了衣服跳起了舞。

蒙眬中，我感觉到有人走近，直接走到我身边了。我不愿意睁眼看是谁，是谁都无所谓。那人却轻轻踢了我一下，又踢了我一下，我不得不睁开眼，看见一双指甲涂得红亮亮的豆蔻色的白皙的脚。抬头往上看，是潇潇那张好看的脸，她又在笑着。

我腾的一下坐起来，潇潇？

潇潇说，陪我走走好吗？

我站起来。两个人沿着塑胶跑道逆时针走。

潇潇说，那天我离开之后，她跟王大师吵了一架，然后就辞职了。她这半年多去了一趟新疆，一趟土耳其，画满了一整本素描册，认识了三个新朋友，还跟其中一个成了恋人。

我心里有点酸酸的，但又觉得有松口气的感觉。我没说话，一直听她说。

我们大概走了有七八圈。你饿不饿？潇潇说。我点点头。

那吃饭去。

我们走出操场，从西门出去，那里有一个能够吃简餐的咖啡厅。

我点了一个咖喱饭，潇潇要了一个水果沙拉，还有两杯咖啡。咖喱饭很难吃，咖啡也不好喝，我在学校这么久，很少来这样的餐厅吃东西。

还生我的气？潇潇说。

我笑了一下，说，怎么会，这事不怪你，不怪王大师，更不怪蛐蛐，是我自己自作自受。

不要这么自怨自艾嘛，潇潇说，我来找你，既不是要道歉，也不是听你悲观的。有事。

什么事？

潇潇说，我认识了一个朋友，是搞出版的，我跟他提起你写的那个传记，他很感兴趣。

别逗了，王大师的传记都出了。

潇潇说，你还记得那天王大师说了什么吗？他说你这是小说。潇潇打开自己的挎包，掏出一本装订好的打印稿，上面写着"大师"两个字。我帮你把所有过于具体的人和事，还有一些项目名字什么的，都改的改、模糊的模糊，这不是传记，这是一部小说，而且……我和我的朋友都认为，这是一部非常棒的小说。你自己再修改润色一遍，他可以帮你出版，相信我，这本书会火的。

我十分震惊，从来没想过这件事还能有这样的后续，结结巴巴地说：可……那……这不属于侵权吗？潇潇摇摇头，说当然不会，第一你没有写具体的人和事，第二那些公开报道的材料任何人都可以采用，第三，也是最重要的，你的作品里有其他人没有的气息，那是你自己的气息，是你的……文学风格。

小说？

对，小说。

我喝了一大口咖啡，还是有点不太相信，说我先看看。

我拿过那本打印稿，从头到尾地翻看起来，不得不说，虽然这不过是我几个月前写完的东西，但很多细节都记不清了，特别是潇潇把所有的人名全都改了之后。我觉得我在读一个全新的东西，确实是……小说。看了两个小时，我粗粗浏览完整部书稿，比原来薄了三分之一，估计也就十七八万字了。合上打印稿，我有点明白潇潇说的气息的事了。这部书稿里，似乎字里行间都弥漫着一种悲观，哪怕在写到主人公最光彩的人生时刻，也带着烟花烂漫而烟花易逝的感觉。书稿的最后写着四个字，第十一章，下面是空白。潇潇的意思是，这部书还缺一个结尾，你得用一个精彩的结尾点亮前面的一切。

## 10

对我来说，写结尾并不难，整个故事已经走到了悬崖边上，只剩下纵身一跃了。难的是把潇潇删掉的一些情节给圆上，还有我又改了许多可能被当成真人真事的地方，修补有时候比重新建造还费时费力。好在小说摆在那里了，敲敲打打、涂涂改改，整个五一假期，包括后来的六月份、七月份和暑假，我都在改小说。秋天开学前后，终于完成了。我没有马上发给潇潇。这段时间里，每天晚上做梦，那群文论大师都在我脑海里打架、舞蹈，他们开始对我的小说品头论足，用他们各自的理论来指导我该怎么改。我听着都非常有道理，可每一次醒来就忘得一干二净。有一天，我还特意在睡觉时打开了手机的录音功能，试图录下可能说的梦话。但第二天去听，我只听到自己和室友的磨牙、呼噜声，梦话也有几句，说的却是潇潇和瑶瑶。

后来我就不管它了，等我完稿的那天，大师们再也没进入我的梦里，但辩论依然在，只不过辩论的双方变成了潇潇和瑶瑶，还有王大师和蛐蛐。

很快，秋天的气息又开始浓起来，温度缓缓下降着，窗外的树叶已经渗透出更多的颜色。我在一个他们争吵的半夜醒来，看了看手机，才三点多，但怎么也睡不着了。就把床头的窗帘拉开一条缝，又把窗子开了一条缝，秋天又暖又冷的空气悄悄渗进宿舍。我长长地呼吸了一口，又长长地吐出去，一个问题浮上心头：

我，是不是真的很喜欢潇潇？不论如何，瑶瑶已经是过去式了，回想起两个人交往的这段日子，似乎总是缺少点什么。我们像是两个完全不搭界的观点，因为一个特殊的原因，被作者强行摁在了一篇文章里。用作者的逻辑来说，我们是说得通的，但一旦超出这篇文章的范围，就不对了，分开是必然的。潇潇呢？她那么美丽，又聪明，又善良，我当然会喜欢她。但她会喜欢我吗？不会，怎么可能。可是她为什么一次次帮我，难道不该早就形同陌路吗？喜欢？喜欢为什么她还去找其他男朋友？

醒来之后，辩论就成了自己跟自己。我一直这么互相说服到天亮，也没有任何结果。不管了，我想，先把这个小说搞出来再说，能出版是很重要的事，我们这个中文系，这一级还没人出过长篇小说呢。

我给潇潇打电话，说给她送稿子，可潇潇说，她现在在外地，让我发她邮箱。我有点失望，本来想可以见到她，甚至……鼓起勇气跟她表白，现在看来短时间没有机会了。我发了过去。年级QQ群里收到一条消息，是蛐蛐发的，他说晚上请本年级男生吃饭。看来，他又拿

272

下了一个大项目了，他的工作室发展得非常顺利，据说还拉到一点风投，正式成立了公司，挂靠在数一数二的民营出版公司下面。每个月都有他做的新书出版，占据了很多排行榜。宿舍楼道里堆满了他为了买榜而从网上买的书，男生楼的所有人都可以随便拿，只要你去豆瓣给他做的所有的书打一个五星，写评论的话还有对面自助餐厅的餐券送。我知道的好几个经济状况不太好的学生，就是靠给他刷评论混饭吃的。每赚一笔钱，蛐蛐都会请本年级的研究生吃饭，能带家属，地点就是自助餐厅。因为这个自助餐厅的大老板的传记，也是他做的。

我一次也没去过。我和蛐蛐之间已经没有任何怨恨，但就是无法再正常相处，仿佛两个互相了解底细的混蛋，看见对方，就好像看见了自己最不堪的一面。我悄悄退出群聊，结果被那个好事的班长又给拉了进去。

所以，收到蛐蛐的信息时，我一时还以为他发错了。他发的是QQ消息：兄弟，晚上一起，兄弟们聚聚，不见不散。犹豫了很久，我给他回了一个：好。

我们去得比较晚，大概九点才到，那时候就餐的人已经少了。餐厅门口、走廊和大堂里，贴满了老板那本传记的海报。吧台前的柜子上，也摆了一摞，据说办会员卡就送书。大学生喜欢的自助餐也就那些，四五十块一个人，鸡翅、肉串、啤酒、沙拉。将近二十个人占了两个长长的大桌子，大呼小叫，十分热闹。蛐蛐把我安排在了长条桌一端的位置，单独一面，很宽敞，李达在我旁边。他小声说：你俩和好了？没，我说。李达疑惑地看看我，又看看蛐蛐，耸耸肩：搞不懂你们。

那晚大家喝多了，东西没怎么吃，但酒喝得值回饭钱了。我不知道从什么时候开始跟别人碰杯的，碰着碰着就跟蛐蛐碰上了，然后就互相搂着脖子喊兄弟、兄弟，好像两人经历了生离死别一样。我喝吐了，吐了李达一身，他把我扶回了宿舍。

第二天醒过来，头疼得要命，李达说昨晚我的电话一直响。我打开手机，有潇潇的六七个未接电话，我忍着头疼拨过去。电话通了，潇潇说：东门，二十分钟。她永远这么不由分说。

我挣扎着起床，走到公用的水房想洗把脸，镜子里的人吓了我一跳。我发现自己胡子很长了，头发拉碴，最重要的是满脸都是中年人的那种疲惫和猥琐，眼神里毫无光亮。一瞬间我有点疑惑，记不清自己到底几岁了。一个同学穿着三角裤去上厕所，你二十几？我问他。二十五，他说。那我也应该二十五，最多二十六，用冷水抹了一把脸我想起来了，自己其实已经二十八了。

我正打算和往常一样进副驾驶，打开车门才发现那里已经坐了一个中年男子，不到四十岁，穿中式服装，面色温和红润，两个手腕上各戴了一串珠子，一串像玉石，另一串是木头。刘小磊？他笑着问。

哦，您是？

我男朋友，付博，潇潇说。

付老师好，我说着，关上前门，拉开后排车门，坐了进去。

潇潇没有发动车，转过头说：小说我看了，付博也看了，今天来跟你签合同。

付博也转过头，说：你是新人，但你是潇潇的朋友，版税我给你百分之八，首印五万册。你也不亏，光首印，你就能拿几十万。

潇潇把合同递了过来，我看也没看就签上了名字。

你不看看？付博说。

我摇摇头，潇潇深深地看了我一眼，转头说：老付，你开车先回去，我跟小磊说点事，一会儿我自己打车回去。

付博又笑了笑，说，好。

我拿着自己的那份合同，跟潇潇下了车，付博开车走了。

你是不是有点赌气？潇潇问。

没，怎么会呢。

那怎么连合同看都不看？你就不怕我们坑你？

你不会的。

怎么不会，潇潇突然吼了起来，什么不会，你当我是圣人啊？

坑就坑吧，我说，反正我一穷二白。

潇潇还想吼，可是忍住了，她眼圈红起来，有眼泪在眼角上滚动。停了一下，她说：版税和印数，确实不少，但你知道……我冲上去抱住潇潇，用自己的嘴堵住了她的嘴，我不想知道，更不想从她的嘴里说出什么。我狠狠地亲吻着她，一开始她想挣脱，后来发现我力气太大，就放弃了，任由我在马路边吻她。直到我几乎喘

276

不过气来，我才放开她，然后啪地给了自己一个耳光：对不起。潇潇看了我好一会儿，说，我知道这本书是个悲剧，可是我没想到，你的结尾写得那么悲催。昨天我以为你会想不开，现在看到你活着，还这么有力，我放心了。再见，再见，再见……

她一连说了三个再见，转过了身，停顿了几秒钟，往前走去。

那份合同掉落在地上，一阵风从潇潇走过的方向吹过来，合同往相反的方向滚去，我大声喊：潇潇，我喜欢你。瞬间泪如泉涌，号啕起来。附近小学一个放学的学生攥着那份合同跑过来：叔叔，你的东西找到了，你别哭了。我接过那份合同，用它捂住了脸，泪水把合同里的字浸湿了。


## 11


潇潇和付博没有骗我，《大师》出来后，卖得不错，更重要的是我受到了批评界的关注。年底的时候，还上了几个媒体评的好书榜。那之后，我再没有见过潇潇，偶尔从不同的渠道听说，她又去了哪里哪里，反正过得依然自由而洒脱。付博的版税结算也很及时，我手头有了不少钱，也学蛐蛐请朋友们去吃饭，享受被人羡慕和夸赞的虚荣感。蛐蛐说，小刘，你眼看也成大师了，先说好了啊，你的传记，将来必须给哥们出。一定，我说，然后跟他碰杯。我们可以正常相处了，但我们永远不会是朋友了。

元旦后一个月，我去领一个网站的好书奖。这是一个很大的活动，文坛大腕、媒体大佬、商界大亨济济一堂，一个年轻的文学新人没什么人搭理。我就坐在台下刷手机，等着拿获奖证书，奖金已经提前打到卡里了。

我上台领奖杯的时候，手机在口袋里振动，下来一看，是一个陌生号码。我抱着奖杯，到走廊里拨过去，对方没接。不一会儿，这个号码发过来一条链接，我以为是诈骗短信，正要关掉，突然看见链接后有一个字"潇"。潇潇？我点击了链接，跳出来的是一个网络新闻页面：策划大师王巨树昨日下午于家中自尽。我很久没关注他了，怎么突然就死了。看了新闻，才发现从今年十月份，也就是我的书刚出版那阵子开始，王大师就陷入了越来越猛烈的危局之中。多年来，几乎他参与策划的每一个大型项目，都发现了官员的腐败问题，而每一个腐败都跟他有或多或少的金钱关系。他一直被限制在家里，配合调查，随着跟他有关系的人一个又一个入狱、定罪，他的事情已经彻底被翻了出来。他死了，死的还有他家的保姆，据说他是杀死保姆之后自杀的。

他的死因众说纷纭，有人说他是畏罪自杀，但也有人说他要死早死了，干吗撑这么久才自杀，明显是有更厉害的人物怕受到牵连，杀他灭口。网上还有一张死亡现场的照片，就是他家里那个巨大的客厅，我把照片一点点放大，隐约地看到茶几上放着几本书，其中一本是蛐蛐给他出的传记，还有一本，是我的《大师》。

我瘫坐在椅子上，心里充满了莫名的恐惧。我害怕的不是因为王巨树死了，而是他死亡的情节，几乎完全复制了我在书里写的结尾。

我又给那个号码打过去，还是无人接听，倒是蛐蛐的电话打了过来：回来马上找我。

我浑浑噩噩，直接打车到了蛐蛐的公司。

王大师死了，我说。

我知道，蛐蛐说，他早该死了。

你就一点不难过？

我难过什么，他死了，他的传记销量会翻一番，我应该高兴。

那你找我什么事？

你那本书，《大师》的合同是怎么签的？

记不清了。

找，马上找。

蛐蛐站起来，拉着我就往外走。

蛐蛐开车，到了我不久前在校外租的房子那里。开门进去，我翻箱倒柜终于找到了那份被泪水浸得皱皱巴巴的合同。自从那次跟潇潇分开后，为了尽量少地睹物思人，我一直没再看它。蛐蛐飞快地读了一遍，指着其中的几个条款说：你被人坑了，这个付博根本目的就不是买你的小说，而是它的影视版权。你看，这里写着，小说的海外版、网络版、影视版权永远归他所有。

我有点意外，并没有多吃惊，说，那他这局布得够大。

我有一个做影视的朋友，也是个大腕，有一次聊天说到他正参与的一个项目，叫《大师》。我听着耳熟，了解了一下，就是根据你的小说改编的。你知道版权费多少钱吗？五百万啊。

现在说什么也晚了，我说，无所谓了，我反正也混不了影视圈，当不来编剧。

将来电影出来，你什么都得不到，连署名权都没有，知道吗？根本不会写根据你的小说改编的。

蛐蛐，我打断他，你那本王大师的传记，能不能给我一本？

干吗？

我想看看。

什么时候有空，一起吃个饭吧

每聚必喝，每喝必醉，每醉必吐。而且每次宿醉第二天醒过来，头都疼得要命。他用头撞洗手间的门，赌咒发誓说再也不喝了，喝也不喝醉了。最终当然食言。有一次，他醉得不省人事，出租车司机就把他扔在了路边，清晨扫大街的清洁工弄醒了他，手机、电脑、钱包全都丢了。

　　就是那天晚上，张建奎怀孕了七个多月的妻子因为打不通他的电话，无奈在朋友圈发了一条寻人启事。第二天，几乎所有认识他们的人都知道，他昨晚喝多了，断片了，节操碎了一地。他继续赌咒发誓不再喝酒，也坚持了一段时间。

　　其实他并不是有酒瘾，也没那么馋酒，一个人的时候他滴酒不沾，哪怕是茅台。他喜欢的是在夜幕降临时赶赴一场饭局，饭局里有熟悉的酒友，有三两个陌生人，有时候还是女的，有时候还是美女。这种半生不熟的场合，他能借着酒劲把单位里的一切都吐槽，甚至大家都喝多的时候，他还敢大着胆子给美女看手相，这种情况下，就算被拒绝也不以为意。他偶尔会觉得，自己的所有醉酒都是装醉，因为在看手相的时候，他常常能清晰地闻到她们身上的香水味，甚至能辨别两种香水的不同。多好啊，他在想，这一刻多好啊，把单位里的家里的一切杂事都抛开了，只跟酒较劲。不过后来开始流行米兔运动，看着网上那些帖子，他出了一身冷汗，回想了一下，自己好像没有特别过分的动作。再之后就更收敛了，不轻易给人看手相，除非对面的女孩主动把手伸过来。

当然都是点到为止，他不会真的和谁发生点什么，哪怕是对方主动的。他约饭喝酒，其实只是想约饭喝酒。

饭局后，从饭馆里出来，他们就走着去一公里外坐地铁，这时候的北京城啊，已经在雾霾和灯光下暧昧异常了。他敢放声唱歌，甚至到草丛里去撒一泡并不急切的尿，让路人侧目。侧目才好呢，他就是要趁着醉醺醺享受这片刻的放风时间。大千世界，芸芸众生，这时候没人认识他，更没人在乎他。

到小区里，他常常并不直接上楼，而是在楼下的长椅上一坐就半个小时，有时候睡着了，醒来已经是凌晨。长椅上方有一盏昏黄的路灯，灯泡有时坏了，他坐在下面，能听见灯丝噼噼啦啦地燃烧，然后陷入淡淡的昏黑。这时候，他从来不看手机，一眼也不看。他会寻找哪扇窗子是自己家的，从左往右数，从下往上数，数到了，却又总觉得不对。窗台上什么时候多出来一个婴儿车？还有，空调室外机位置怎么变了？然后重新找，却找到了另外一扇。后来，他就随意设定一个左七下五、左三下八，找到哪扇窗子就盯着哪扇看，通过能看见的窗帘、晾衣竿上的衣服、阳台上的杂物，或者影影绰绰的人影，想象那户人家里的故事。想着想着，又迷糊了。

深夜里，有遛狗的老人才回来，一个黑影样的狗悄无声息地在前面走着，跟着拖拖沓沓的老头，一边咳嗽，一边吆喝着狗慢点。咳嗽声把他从浅梦中惊醒，于是站起来，摇摇晃晃往回走。这时候，因为风吹，酒已经上头了。他抬头看了看，天空少有地清澈，仍然能分得清云和天。

刚打开门，他就差点吐出来，又忍着咽了回去，冲到洗手间，对着马桶狂吐。他觉得自己的胃里有两支军队在征战，翻江倒海，终于没什么可吐的了，他就坐在洗手间的地上，又睡着了。

妻子上厕所的时候叫醒他，然后是说了多少遍的埋怨的话，他就挪到沙发上继续去睡。

奇怪的是，每次醉酒，第二天他都会早早醒来。醒来后当然就是头痛，身体发软，他会试图回忆昨天的一切，能想起来的都是毫无逻辑的片段。有时候，他听见屋里孩子哭了一声，然后是妻子无意识地哄他的声音，心里就会有点愧疚，但很快就又迷糊了。

他是个挺上进的人，工作努力，抓紧一切机会赚钱，顾家，除了经常去饭局，没有什么不良嗜好。他对生活的要求不高，房子嘛，有点小，但也能住开。在这个几千万人的城市里，他是最普通的一个，但也是最安稳的一个，只要按照既定轨道走下去，他能这么过一辈子。可是没人知道，也不会有人在意，他心底对自己这安稳的普通，仍有些不甘心。可他又没什么理想，不愿意干什么所谓的大事，用妻子的话来说，他就是吃饱了撑的，矫情。他知道不是这样，可到底是哪样，说不清楚。

他手机里，大概有十个约饭群，在京的高中同学群、本科同学群、研究生同学群、同事群、前同事群……每个群的最主要功能就是约饭：什么时候有空，一起吃个饭吧。

三月二日，他再次收到这条手机短信，没在意。最近身体疲惫，前不久体检转氨酶也有点不太正常，他想休息休息，暂停一下各种饭局。等他想把这条消息删除时，突然发现是一个完全陌生的号码发来的。他这个人有个习惯，哪怕是刚认识的人，也会把手机号存下来，备注写好哪个公司干什么的，而且基本上再也不会删除。所以他的手机短信里，那些不知是谁的只有广告和推销。

他检索了一遍这个号码，确实不认识，就放那儿了。几分钟后，一个电话打了过来：小张啊，怎么不回我信息，什么时候有空，一起吃个饭呀。你是……他在想是不是骗子，但现在的电话诈骗一般是让你明天去领导办公室，没有约饭的。对方说，我是你高中班主任、英语老师，王达林，我在北京呢。他恍然了一下，自己似乎确实有一个叫王达林的老师，但自从高中毕业，再也没见面没联系过，今天怎么突然冒出来了？就说：您在北京啊，只是我最近有点忙，老加班……

最后，他还是去了那个饭局。他刚拒绝了王达林的电话，就看到高中同学群里，有人公开了这次饭局的信息，的确是王达林到了北京，约在北京的高中同学见面，看来还是个大饭局。他心里有点小失落，但拒绝也就拒绝了，饭局还有的是。

周五晚，他回到家里，发现家里没人，这时手机收到妻子的微信，晚上有一个英语试听课，她带孩子去试听了，让他自己随便吃口东西。他进了厨房，打开冰箱，里面有之前买的生菜、黄瓜、鸡蛋，可看了半天，也想不出自己该做点什么吃。然后坐到客厅，打开手机点外卖，又看了半天，还是想不好吃什么。他再次翻到高中同学群，有一张饭店的照片，一张大圆桌，坐了七八个人了，然后是一条微信：没到的赶紧，马上开席了。他忽然发现群里分享的地址定位，离自己家很近，骑车也就五分钟。

他迅速地穿好衣服，梳了梳头，下楼骑了一辆共享单车就往饭店去。骑过一家711店，他又折回来，到店里买了一瓶进口红酒。

他抱着一瓶红酒推开包间的门时，发现里面已经坐满了，没有空位。尴尬了两秒钟之后，女同学周小燕笑着过来，拉着他到自己旁边，然后大声喊：服务员，加一把椅子，再拿一套餐具。他才坐下，嘴里不停地说：不好意思来晚了，本来要加班，来不了，后来想机会这么难得，不能不来，就跟老板撒了个谎。

这时候，他才看清坐主位的是一个四十岁左右的人，梳背头，头上油光光的，戴一副眼镜。他的面貌有些熟悉，应该就是王达林。他站起来，端起面前服务员刚刚倒的酒，说：我先自罚一杯。一口干了。王达林哈哈一笑说，自罚怎么也得三杯。他又倒一杯酒，说：这杯我敬王老师，没有王老师就没有我们的今天。

这顿饭跟普通的同学聚会没什么两样，大家互相打探近况，真真假假地介绍，虚虚实实地互相恭维，说些以后要经常聚的话。大伙都喝了点儿酒，但没有人喝醉，也就晚上十点多，就各自散了。张建奎还想再喝点儿，没人响应他，特别是周小燕，说太晚了对皮肤不好，王老师也累了，得早点回去休息。

　　其他人都打了车，因为离家近，他还是骑自行车回去，但饭馆门口没有共享单车了，他就往前走。他在路边的一棵树下找到一辆车，正鼓捣着开锁的时候，一辆轿车快速地从他身边经过。他抬头的一瞬间，看见王达林坐在驾驶位上。他心头一惊，他喝了酒怎么能开车，还有他不过是到北京来出差的，怎么会有车？没等他想清楚，那辆车已经没了踪影。也许我看错了，他想，他终于把车锁开了，骑车往回走。

　　即便是到家里，冲了个澡、躺下，他脑海里还是王达林的脸在浮现。他总觉得这张脸有什么地方不对劲，这个念头折腾得他睡不着觉，起床在书架上翻找出影集，搜寻高中时的照片。终于在一张开学照上找到了王达林，那已经是二十年前了。他用手机相机，放大王达林的脸，忽然间他知道什么地方不同了。晚饭时见到的王达林，面色红润光华，而他们的王达林老师，在二十年前就有细密的抬头纹了。这个王达林长得很像，就是太年轻了，这怎么可能？可是，他如果不是王达林，又是谁呢？又为什么要冒充王达林跟大家吃这么一顿饭呢？

第二天，他是被一个姓刘的警察的敲门声惊醒的。

刘警官告诉他，昨晚十二点半，周小燕被发现死在自己家楼下的花坛旁，死因是呕吐物进入气管引起窒息。一个早起的邻居出来遛狗，发现了她，报了警。警察已经了解到，他们昨晚在聚会，喝了酒，需要调查一下所有参与聚会的人。

他跟着警察到局子里，进了一间很大的会议室。昨晚的同学都到了，一个个面容悲戚，女的脸上都有泪痕。他们被挨个带到里间问话，昨晚聚会谁发起的，吃饭的中间有没有特别的情况，饭后谁跟谁一起走的，等等。张建奎趁别人问话的工夫，翻同学群里的聊天记录，他翻到最早的一条，发现这次聚会最初的召集人就是周小燕。她的第一条信息是：同学们，高中老师王达林来北京了，我们找时间吃个饭，聚一下吧。然后是同学们的回复。他又看了一下群名录，发现这个群里有政治老师、数学老师，但英语老师王达林并不在群里。他也想起来了，王达林是在高二下学期末才教他们英语的，跟学生没那么熟络。

轮到张建奎，他把自己知道的情况都说了，但没说觉得王达林不太对劲的事。主要是他拿不准，毕竟十几二十年没见了，自己的记忆也不一定准确。警察问他们谁有王达林的联系方式，张建奎想起那条短信和电话，就把号码给了警察。他自己也打了一下，显示对方已关机。

一切看起来就是个意外，周小燕喝多了酒，打车回到小区，呕吐物被吸进气管，造成了窒息。警察问完了话，让他们在笔录上签字，留下电话号码，说有需要再找他们，就让大家回去了。

张建奎直接去了单位，迟到了，领导本来要发火，他说自己一个同学昨晚去世了，领导也没什么可说的了。张建奎坐在电脑前，完全无心工作，他搜肠刮肚地想当年的同学录密码。那还是零几年的时候，搜狐同学录很活跃，高中同学经常在上面分享各自的情况，回忆高中生活。同学录里没什么王达林的消息，倒是发现周小燕当年一直是其中的活跃分子。他也想起来，高中毕业后，几乎大部分同学聚会都是周小燕召集的。她是一个不怕麻烦的人，喜欢张罗。如果没有这样的一个人，任何的聚会和饭局都很难实现。

第三天开追悼会，同学们再一次聚到了一起。一鞠躬，二鞠躬，三鞠躬，从追悼会压抑的现场出来，张建奎点了一根烟。这时几个男同学凑过来，一起感慨、抽烟。张建奎说，你们那天有没有觉得，王达林老师有点怪怪的？哪儿怪？一个同学问。我也说不好，就是觉得好像跟我记忆中的王老师不太一样。还有，你知道那天他怎么走的？开车。他喝了那么多酒，却是自己开车走的。可后来在警察局，好像谁说他是坐凌晨的火车回的东北。大家都说，是有点奇怪，但这跟周小燕的死也没啥关系啊，这就是个意外。

结论还是下得早了点，追悼会之后，家属们正要跟着把周小燕送到火葬场火化，警察再次出现，而且带来了一个令人震惊的消息：造成窒息的那块食物残渣，经过化验，并不是周小燕胃里的。周小燕吃过的东西，应该含有酒精和胃酸，但那块胡萝卜丁上面并没有检查到这些物质。所以，她的死亡很可能并不是一个意外，而是一起谋杀。

事情顿时起了变化。同学群里热烈地讨论起这件事，张建奎终于忍不住跟警察说了自己的疑虑。

一天后，警察告诉他，经过调查，他们的高中班主任王达林老师，已经于两年前得病去世，那次来的肯定不是王达林。只是这个假王达林已经没了踪迹，无处寻找了。周小燕的尸体被法医解剖后，并没有更多新的发现，这个案子变成了一个悬案。

此后，张建奎再收到约饭的短信，总会心里一惊。他开始有意识地控制自己约饭的频率，每一次聚会之后往回走，都觉得会有不好的事情发生。可是什么都没有发生，他的生活在既定的轨道上往前滑动，这一滑就是大半年。儿子升到了幼儿园大班，他为了孩子将来上小学，换了一个房子，比原来更小了。

他手机里仍然留着王达林发给他的那条短信，经常翻出来看看，然后给那个号码打电话。奇怪的是，这个号码始终处在关机状态，而不是停机。一般情况下，一个号码几个月不再充值，就会被停机。直到有一次，人在外地的同学又在群里发消息，组织毕业二十周年聚会，他潜伏的那个想法才终于清晰了。他想回一趟东北老家。这些年不是没回去过，但都是带着家人回去过年，匆匆而去，匆匆而归。这次他想专门跑一趟，查一查王达林的事，周小燕的事。

周小燕的死已经渐渐被淡忘了，除了她的家人，可能只有张建奎还放不下这件事。是啊，这年月总有人会因为各种情况离开，活着的人尽管悲伤，但很快就会回到按部就班的生活里的。

小城的火车站正在整修，到处都是土堆和土沟，蓝色的铁皮围墙围出了一条窄窄的道路，进站和出站的人交错地拥挤着。张建奎背着双肩包走出来，迎面都是摩的和黑车司机，他跟着其中一个上了车，说了句：去晖城一中。摩的屁股冒了股黑烟，突突突颠簸着开出了车站。自从毕业后，他再也没有回过这所学校。摩的停在校门口，他看到除了地址没变，这所学校已经没有他记忆中的任何东西了，没有老房子，操场也换了新的。如果说还有没变的，也就是校门口的"晖城一中"那几个字的字体，是从毛主席书法里抠出来拼在一起的。

门卫不让张建奎进去，说现在是上课时间，只有到了中午，才允许外人进校。张建奎就在学校周围晃荡，感到肚子叫了两声，想起自己坐车没怎么吃东西，就到旁边一家小饭馆，要了两张酸菜馅饼，一碗鸡蛋汤，吃了下去。身上热起来，看看表，离中午还有半个小时。饭馆里没什么人，只有三十岁左右的老板娘，坐在柜台后面用手机在看《甄嬛传》，各种娘娘和皇上的声音，大声地传出来，在油腻腻的桌子和墙壁上反弹进张建奎的耳朵。买单时，张建奎掏出了百元的钞票，老板娘说没零钱，扫微信或支付宝。他用微信扫了一下柜台上的二维码，付了三十块钱给微信名叫"微微一笑很倾城"的人。馅饼烙得挺好吃，他说。老板娘头都没抬，"唔"了一声，对他的恭维毫无感觉。张建奎有点悻悻地走出了小店。

几番打探，他了解到，王达林确实在两年多前因病去世。张建奎甚至找到了他的主治医生，市医院肿瘤科的郝大夫。郝大夫说，王达林的胃癌发现就已经是晚期了，如果早一点发现，经过胃切除手术和放化疗，说不定还能多活几年。送到医院时，王达林就开始吐血，但最后他并没有死在医院，家属强烈要求出院回家，说王达林想死在家里。张建奎在医院的档案里，找到了王达林女儿的电话。

　　王达林的女儿不太欢迎来访的张建奎。她就在中学旁边，开了一家小饭店，卖各种快餐，主要的客人都是中学里的学生，吃腻了食堂的，就到街边小馆子里去换换口味。让张建奎没想到的是，他吃馅饼的那家老板娘，就是王达林的女儿。

　　他再次坐进店里时，正是学生午饭的点儿，一群十几岁的孩子叫叫嚷嚷，十分热闹。张建奎挤在他们中间，感觉有点不伦不类。

　　一点半左右，学生们才渐渐散去。服务员到张建奎的桌子旁转了好几次，想催他结账，他们赶着下班，好休息一会儿。张建奎见没什么人了，喊了一声，老板娘，王达林女儿从柜台上抬起头来，这一瞬间，张建奎想起自己多年前见过她。那时候他在读高三，有一次考试成绩太差，被王达林叫到办公室训话，刚好他女儿去找他。王达林让女儿坐对面办公桌等一下，后来，她也是这样角度的一个抬头，看见了张建奎。

张建奎说明来意，王达林女儿说，你问这些干吗？张建奎说，发生了一件奇怪的事，我们前一段时间在北京见到了王老师，而且那天晚上还死了一个同学。王达林女儿笑了一下，说，怎么可能。张建奎掏出手机，把那天吃饭时拍的一张合照给她看，说坐在正中间的就是王达林。王达林女儿吓了一跳，抢过手机，把照片放大了，看得嘴巴越张越大：还真像我爸。她把手机还给张建奎，说你跟我来。

两人从柜台旁的小门走进去，绕过脏乱的后厨，进到一间屋子。看起来，这间屋子是她临时休息的地方，挂着还滴水的衣裤。张建奎坐下，王达林女儿说，您贵姓？我姓张，还没问你叫……你就叫我娟子吧，我能问问那天的具体情况吗？张建奎就把约饭那天的全部情况，跟她说了一遍，又掏出手机，给她看那条短信和那个手机号。娟子看了看说，手机号是我爸的，但这个号他去世之前就没用了。我记得很清楚，前些年他买菜时手机丢了，后来去营业厅想找回手机号，营业厅让他提供身份证，结果那个手机号太早了，根本没跟身份证绑定，办不了。我爸就换了一个号。

这么说，是有人在故意冒充你父亲的身份？

有可能，可关键是，冒充身份怎么可能跟我爸长得一模一样呢？他又不是什么名人。你不是说，还死了一个人？

对，我们高中同学周小燕，也是咱们这块的人，我没记错的话是河西村的。她比我晚一年考到北京，学金融，后来在银行工作。这次饭局就是她张罗的。那天大家散了，她自己打车回去，第二天被人发现死在楼下，是食物残渣堵塞气管，窒息死的。这也好理解，问题是法医检查之后，发现堵塞她气管的食物残渣根本就不是她胃里的，有可能是别人塞进去的。

她是被人杀的？为什么要杀她？这跟我爸……那个假的我爸，又有啥关系？

我就是因为弄不清这些，才回来查查的。

两个人陷入了沉默，跟张建奎要查的事情一样，进入了死胡同。王达林确实已经死了，谁冒充他，为什么冒充他，跟周小燕又有什么关系，一切都是个谜。打破沉默的是一个电话，来自北京。刘警官打来的，问张建奎在哪儿。张建奎说，在老家呢。刘警官说，周小燕的死有了新进展。一听这个，张建奎立刻激动起来，大声问：什么进展？抓到凶手了？刘警官说，没有，我们在调查一起跨国走私案的时候，无意中发现周小燕可能参与了，具体我不方便说。你尽快赶回来，我们有事问你。

挂了电话，娟子问张建奎：什么情况？

张建奎顿了顿说，警察找到点周小燕死亡的线索，但还不太明了，让我回去帮忙协助。

娟子说，你记一下我电话吧，有啥新进展，你告诉我一声。这也挺吓人的。

对了，张建奎突然想起什么似的说，你们家有没有什么亲戚，跟你父亲长得特别像？

娟子摇摇头，说我父亲那辈就他一个男的，我有两个姑姑。我姑姑家的孩子都比我还小，也没谁长得跟他像。

张建奎点点头，说我还得再查查周小燕的情况，明天下午坐大巴回北京。有啥进展，我再给你打电话，你要是了解到什么新情况，也及时通报我。

他俩留了电话，也加了微信。

张建奎傍晚的时候找到了周小燕家的邻居，邻居说，他们家从周小燕上大学那年就搬走了，村里也没什么直系亲属。不过周小燕似乎每年都回来，每次回来还都招呼老同学、老邻居们一起吃饭。去年过年，她还拎着东西挨家拜年呢。


回北京的长途车上，张建奎一点点地复盘整个事件，其实除了那几个关键问题，其他的没什么复杂的。如果解开了周小燕死亡之谜，也就解开了王达林复活之谜。

因为没有提前订票，回北京的大巴只有卧铺车，张建奎买到了靠后面的上铺。铺位窄小局促，一米八的他躺在上面几乎像躺在一个盒子里，伸不开腿，翻身也很困难。一路高速，车开得快，他总感觉自己像一条鱼缸里的鱼，浮在空中晃荡。下半夜的时候，总算迷迷糊糊睡着了。

在睡梦中，重现了那天晚餐的场景。这一次，张建奎觉得每一个地方都透露出奇怪的信息。比如说，王达林两年前去世了，这事肯定有同学知道，周小燕在群里发吃饭的通知的时候，竟然没有一个人出来提出异议。还有，自己跟王达林一点都不熟，他为什么偏偏单独给自己发了一个"什么时候有空，一起吃个饭吧"的短信？那天在饭局上，王达林说话不多，只是拍拍每个人的肩膀，笑着碰杯喝酒。至多，他不过是随声附和一下大家谈论的高中岁月。说话最多的是周小燕，她表现出了超常的热情，不停地帮大家回忆当年和王老师的趣事。

不对，张建奎在梦里说，一定有什么更重要的漏洞我没看出来。不对，不对，张建奎冲上去，揪住梦里的周小燕：到底怎么回事，这个人是谁，你们在干什么？周小燕不急不气，说：建奎啊，跟王老师喝一杯，当年你的英语考那么高分，多亏了王老师。张建奎猛地把酒杯摔在地上，大喊一声：啊……接着他感到脚底一顿，身体向上耸，然后是头疼了一下。再之后，才是早已经发生的猛烈刹车声。张建奎刚才那一声大叫，把疲劳驾驶有点昏昏欲睡的司机吓醒了，一个急刹车。幸亏夜里车少，这会儿又在大路而不是山路上。司机把车挪到路边，对着后面刚刚醒来的人们大骂：谁啊，谁他妈的说梦话这么大声，吓死我了，差点就翻车了。张建奎脑袋蒙在被子里，大气不敢出。他也惊出了一身冷汗，想想都后怕。

此后，再也没睡着。到北京新发地长途站下车时，是凌晨三点多。他坐了个黑车回去，进家门倒头就睡。

一只小手的抓挠把他痒醒了。睁开眼，看见是儿子在摸他的脸。他笑了笑，说：老虎，你起这么早。老虎说，爸爸，你什么时候回来的。张建奎把儿子搂过去，抱着狠狠亲了几口，问：妈妈呢？妈妈买早餐去了，老虎说。张建奎拿过手机来，看了下，已经七点半了，八点钟老虎要上幼儿园。他赶紧起来洗漱，刚把牙膏挤出来，妻子拎着包子和豆浆进了门。

一家人快速吃完早餐，然后把老虎送到幼儿园。

看着儿子进了教室，张建奎赶紧坐车去单位。请假这几天，积累了些杂事，坐在电脑前几个小时没动弹，连口水都没喝。等同事喊他吃饭的时候，他看了看手机，上面好几个未接电话。都是刘警官打来的。他才想起来周小燕死因的事，就赶紧回过去。刘警官说，他最好到警局来一趟。他想了想，说好，也没吃午饭，打了辆车就过去了。

根据刘警官的介绍，周小燕并不是他以为的那个高中同学周小燕，或者说不只是那个周小燕。刘警官说，周小燕涉嫌几起国际文物走私案。张建奎笑了一下，因为觉得有点可笑。自己那个喜欢张罗，每天在朋友圈里发各种鸡汤文和化妆品的同学，怎么可能和走私案有关，还是国际走私案。等刘警官讲了一下事情的经过，张建奎才发现自己真是小瞧了周小燕。

周小燕跟一家进出口贸易公司合作，名义上是微商，做化妆品、服装等贸易，实际上干的却是文物走私。走私的规模不大，但都是很值钱的老东西。周小燕负责在全国各地农村搜罗，老百姓家里有些老物件，也不知道是什么，更不知道价值，周小燕就通过各种方式买过来。前几天，走私团伙的头目被警察抓了，供出了下线。周小燕是其中之一。如果只是下线，可能问题也不大，关键是这个公司很多出海物品的报关，都是以周小燕的名字进行的。名义上，她有一个舅姥爷在国外，她总是给这个舅姥爷邮寄"土特产"。

张建奎问刘警官，有没有和那个王达林有关的事？

哪个王达林？刘警官一时没想起来。

就是周小燕死那天跟我们一起吃饭的那个，我们中学老师。我记得跟你说过，这个人挺奇怪的。前两天我回了一趟家，就为了调查王达林。王达林确实早在两年前就得病死了，他女儿亲口说的。所以那天跟我们吃饭的那个，肯定不是王达林，可他又跟王达林长得那么像，而且还有他的手机号。他女儿说那个手机号早就丢了。刘警官听了一愣，说你等等，走出屋子，在走廊里打电话。看起来，不是在问什么事，就是在汇报什么事。过了几分钟，刘警官走进屋里，说：这事挺重要的，你等会儿做个正式的笔录吧。

张建奎点点头，说没问题。然后又问，周小燕到底是怎么死的？

刘警官犹豫了一下，说：死因警队还没正式公布，不过我告诉你一下也没什么。我们后来查监控查到，周小燕跟你们吃完饭之后，打车回去。半路又到了一个711店里买了一个蔬菜沙拉——至于她为什么这么晚了还买蔬菜沙拉，谁也搞不清怎么回事。她蹲在楼下吃沙拉的时候，一块胡萝卜卡在了嗓子里，引起了呕吐。呕吐物和收缩的肌肉，把另一块胡萝卜残渣呛进了气管，然后窒息死亡。

　　你们找到那盒吃剩下的蔬菜沙拉了？张建奎问。

　　刘警官没说话，停了几秒钟才说：这就是为什么我们现在也没办法结案。周小燕的死毫无疑问是食物进入气管引起窒息，但那盒沙拉却不翼而飞。我们查了周围的监控，没发现什么有用的线索。整个小区里，只有周小燕死的那个地方是个死角，监控看不到。我们也走访了小区的保安和附近的居民，那个时间段也没人看到其他人出现过。

　　她的死难道和她走私这件事没关系？怎么听上去特别像杀人灭口什么的。我觉得，我瞎说啊刘警官，她的死只有找到了那个假王达林，才能真正弄明白。

刘警官说，行了，先把笔录做了吧。

做了一份正式笔录，刘警官站起来，送客的意思，说谢谢你的配合，不过最好别自己调查，免得有危险。这个案子有点奇怪。

我就是好奇，张建奎说。手机振动了一下，他打开一看，在一个前同事群里，李伟成说：哥几个，什么时候有空，一起吃个饭吧。这个群是张建奎之前工作时认识的几个人，三男两女，有意思的是五个人最后全都从那个公司辞职了。他们说，这几个朋友是那几年工作的最大财富，这是张建奎从来不屏蔽消息的一个群。

他回了一个：择日不如撞日，就今天呗。


张建奎很久没这么喝酒了，说具体点，从那顿高中同学饭之后，他就没怎么喝酒。出去饭局也顶多喝二两就有醉意，心里头有事醉得快，也是因为心里有事，不敢醉。他隐隐地担心自己也在喝醉后不明不白地死掉，甚至都不敢吃胡萝卜了。但这回是熊芬芬的三十岁生日宴，五个人中最小的小丫头也奔三张了。前一天还撒娇卖萌，今天就跟这群老帮菜一样感慨柴米油盐房贷学区房了，结果很快一桌人唏嘘感慨人到中年，酒不知不觉就多了。喝多了，有些话就会不自觉地溜出来，虽然都认识很多年，谁跟谁都很熟，可每个人的心里总还有些小角落不为人知。比如张建奎对熊芬芬，其实带着那么一点喜欢。他永远清晰地记得，自己跟部门领导和人力资源的人一起面试她时的情景。

那是公司的一间大会议室，他们三个和熊芬芬对面坐着，部门领导和人力资源副总都是女的，就他一个男的。熊芬芬一身朝气地走进来，很是飒爽，回答问题落落大方，不卑不亢。而且，她坐在对面讲话的时候，张建奎无意中透过她衬衣纽扣和纽扣之间的缝隙，看见了她的乳房。这丫头竟然没穿胸罩——或许是为了赶着面试，太匆忙了，或许就是响应西方的解放妇女天性的号召，又或许这就是九〇后的洒脱。

张建奎没有什么乱七八糟的非分之想，但看见了一个年轻的女孩子的乳房，总归是一件"特殊事件"。等熊芬芬入职之后，他也不免对她"多看一眼"，熟络起来，甚至把她引为自己的红颜知己。工作上、家庭上有什么烦恼的事，他都是跟她吐槽。张建奎没想怎么着，更不会发展出办公室婚外恋，就觉得跟一个漂亮的女生聊这些，本身就是对枯燥工作的一种安慰。他发微信尺度拿捏精准，就算有人去看他们的聊天记录，也看不出什么出格的地方，只能说这两人是真朋友。

在感慨完女人三十的种种变化之后，喝高了的熊芬芬跟每个人拥抱，甚至还亲吻了他们的脸颊。然后她又爆了一个消息：她下个月要结婚了，但是不邀请任何人参加婚礼，因为没有婚礼，她嫁的是一个探险家。他们的婚礼是一次远到非洲的探险。

"从此之后，我在世界的任何角落吃饭的时候，都会想起你们。"说这句话的时候，熊芬芬眼眶湿润，正拥抱着张建奎。

牛逼！年纪最大的老洪说，芬芬你是我偶像。

张建奎心里生出淡淡的哀愁，他知道自己将永远失去这个特殊的朋友了，虽然他从不曾拥有过。从此之后，他再也不能跟她说心里话，去吐槽自己的生活。

他松开手臂，端起酒杯，说：芬芬，给你壮行。然后一口干了。就是这杯酒，让他开始醉了，越醉越深……

他又一次半夜渴醒时，已经在家里的沙发上，他想下地喝水，却腿脚发软，差一点把旁边的垃圾桶踢翻。他看见，垃圾桶里一摊呕吐物。又喝断片喝吐了，他有些懊恼，一下子想到了周小燕的死，也有些害怕，瞬间清醒了不少。

他习惯性地摸手机，到处都没有，然后踉跄着摁亮灯。脑袋一蒙，搞不好把手机丢了。他喝了点水，打开卧室的门看了一下，妻子和老虎都睡熟了。他刚要退出来，突然看见床头柜上闪着红灯，是接线板上的。再一看，是自己的手机正在充电。他悄悄走过去，把手机拔下来，又走到客厅里，关上卧室的门。

张建奎翻了翻微信和短信的聊天记录，看到一条未读微信，是娟子发来的：张先生，昨天有警察来问话，说我爸三年前曾把身份证借给过一个叫胡松的人。你可以查查胡松。

张建奎窝在沙发上，把手机丢一边，胃里又是一阵翻涌，但还没有到喉咙那里，吐不出来。他稍微平复了下，心里想：周小燕死了，跟我有什么关系？有警察

312

呢，我查来查去算怎么回事，这又冒出一个胡松来。我又不是活在侦探小说里。

张建奎歪倒在沙发上，半睡半醒，直到妻子起床。她开始上厕所，洗漱。出了洗手间看见他醒了，没好气地说：自己把你那些垃圾倒了去，屋子里都是味儿。张建奎起来，脑袋还是有些疼，把垃圾袋拎起来，趿拉上鞋，说：我下去买早餐回来。妻子说，别买那家的豆浆了，特别难喝。他没答话，推门往外走。推门的时候愣了一下，大门是虚掩着的，他昨天晚上回来竟然没锁。幸好没人进来，他又后怕了一下，头脑却因此彻底清醒了。

北京的大街上车渐渐多起来，秋日的天气，凉爽而清透。张建奎猛吸了几口气，胸腔感到一阵微微的凉，还有炸油条的油腥味。胡松，这个名字进入他脑海里。他猛然间想起，那天吃晚饭的时候，王达林接了一个电话，好像提到过这个名字。没错，他说得很清楚：胡松，你别以为我治不了你……这么说来，这个胡松还真和这件事有关系。

买了一笼小笼包、两根油条、一碗八宝粥、一碗小米粥，拎着回去。张建奎的心思已经被这个胡松占据，可是只有个名字，怎么查？总不能跑到百度上去搜。他想起刘警官，就给他打电话，说了这个情况。刘警官刚值完夜班，打着哈欠说：你怎么还在查这个事？张建奎说，不是我查这个事，是刚好我知道了这个消息，赶紧告诉你们。刘警官说，好了我知道了。我跟你说，别再掺和这个事了，这个案子有了新变化，已经移交给市局了。为啥？张建奎问。不该你问的别问，刘警官说，有些事我也不知道，上面怎么交代，我就怎么办。电话里，又传来一个大大的哈欠声。

四天后的下午三点，犹豫了大半天的张建奎，终于把手机里的那条微信发了出去，是发给高中同学北京群的：嗨，同学们，哪天有空，再一起吃个饭吧？直到晚上下班，群里都没人回复他。他又发了一遍，还加了一条：要不就这周末，还是上次那个地方？张建奎又把时间和地址发过去。不一会儿，有人回复说：都谁去？张建奎回复说：能来的都来吧，也算是缅怀一下小燕。这下回话的多了，大部分都说没特殊的事就过去。

周六晚上六点半，上次吃饭的人，除了一个出国了没来，其他的都来了。他们围坐在圆桌外，一桌子菜在面前旋转着，可气氛紧张尴尬。还是张建奎先说话。

"同学们，上次吃完饭，后来小燕的事，大家都知道了。还有些事是大家不知道的，我今天攒这个饭局，就是想告诉大家一些事，再跟大家了解一些事。"

张建奎把这些日子自己回老家调查和刘警官说的情况，一股脑跟同学们说了。大伙听了都面面相觑。老周说，建奎，真没想到小燕背后有这么多事，可我们谁也不认识胡松什么的啊？张建奎说，我知道，我今天想让大家回忆回忆，那天的那个王达林，都说了什么，有什么奇怪的地方。老周，你挨着他坐的。老周皱了下眉头，说，当时没什么感觉，后来就是觉得王老师有点太年轻了，你想想，我们毕业时他就三十多岁了，这又过了近二十年，他怎么着也五十岁了，可那天看起来也就四十的样子。同学们都点头，说是。小郑又补充说，我想起来了，王老师是左撇子，可这个人是右撇子。你们还记得吧？王老师有一次上课，为了说明左撇子也很厉害，还专门用左手写了一黑板英语，写得很漂亮。那天的王达林完全是右手，我就在他右边，看得很清楚。

这个线索很重要，张建奎说。接下来大家七七八八地回忆出一些东西，但都是细节，没什么帮助，对于了解这个人到底是谁没什么用。

他们草草吃了饭，也没喝酒，就散了。

张建奎结完账，把没怎么吃的几个菜叫服务员打包了，走出饭店。门口的树影里闪出一个人，是小郑。张建奎有点吃惊，问：没打到车？小郑说，建奎，咱俩溜达几步，我还有话跟你说。张建奎点点头。两个人沿着西土城路边的小月河往东走，一路上秋风瑟瑟，有叶子不停落下来。这时节出来散步的人，大都匆匆往回走去，河边显出了夜晚的安静。

建奎，有件事我刚才没说，觉得不好当着大家的面说出来。小郑说。

现在就咱俩，你说呗。

小郑咳嗽了一声，说：我知道那个假王达林的手机号。

张建奎说，他那个是盗用真的王老师的手机号。

小郑说，不是，我那天坐他旁边，看见他用两个手机。有人给他苹果手机打电话，他没接，然后回了一条短信，说：打另一个号137××××××××，我刚好瞥到那条短信。你知道，我这人天生对数字敏感，过目不忘。

张建奎说，太好了，你这个消息太有价值了。

小郑说，这事我只告诉你，你别跟其他人说。我老觉得小燕的死不简单，你也小心。

张建奎说，我知道了。

两人走到主路边，等出租车过来，小郑招手上了车。


张建奎看着手机备忘录记下的电话号码，想着该怎么办，是马上告诉刘警官，还是……他不由自主地点了一下，电话拨了出去。他深吸一口气，把手机放在耳边，心猛烈地跳起来。那边一直在嘟嘟响着，就在张建奎以为即将出现无人接听的提示音时，电话被接了起来。是那个声音：谁啊？张建奎不知该说什么，愣在那里。那边又问：谁，有事吗？张建奎说，王先生，西城区的学区房考虑一下吗？对面说：神经病啊，我不是王先生。电话挂断了。张建奎大口喘息了几下，情绪才平复下来。他不知道自己怎么会这么紧张。

这样看来，王达林的电话还通着，也就是说，这个人还能找到。他认识一个朋友，算是半个黑客，能进入很多一般人进不去的网络系统。张建奎联系她，说自己遇到了金融诈骗，被王达林骗了五万块钱，想找这个人。黑客虽然半信半疑，但还是通过她强大的检索能力，找到了一些线索，其中最有用的就是通过王达林的手机号追查到一个地址。这个手机号是和身份证绑定的，而且最近一段时间，这个号码在这个地区较为活跃，可以初步判定使用这个号码的人在周围活动。

刚谢过黑客朋友，就接到老婆电话，说老虎在幼儿园学校里骑小车，跟另一个小朋友撞在了一起。老虎脑门和嘴唇磕破，门牙掉了两颗，现在被送往医院。张建奎顾不得王达林，赶紧打车去医院。

病房里，老虎头上缠着绷带，一咧嘴，露出门牙的豁口。爸爸，我以后怎么吃冰激凌啊。张建奎心里一疼，说：没事，还能长出来。老虎笑了。妻子攥着一把交费单据进来，嘴里嘟囔着：妈的，好一点的药都自费。张建奎接过单子一看，七百多块。我去交吧，他说。转身出了病房的门。

在交费窗口排了十分钟队，张建奎把医疗卡单子和信用卡递了过去，收费人员刷了半天说：先生，您这张卡冻结了。张建奎说不可能啊，我前几天还用了。收费人员又刷了一次，还是不行。张建奎就掏自己的兜，可只有两百多块钱。他又用微信来扫，微信的也不够，后面排队的已经骂骂咧咧了。张建奎无奈，只好挤出人群，回病房去找妻子。

他跟妻子说，钱还没交。妻子一听就火了，说儿子马上要做手术，脑袋里的伤口揉进了沙子，不取出来的话就长在里面了。张建奎说，怪我吗？我的信用卡不知道怎么冻结了。妻子想发火，可看着儿子肿起来的脑袋和嘴唇，只能把怒气压下去，赶紧交钱。

不是什么麻烦手术，半个小时后，老虎就被再次推进病房里。麻药的劲儿不大，但他还是有点晕乎乎，嘴里念叨着：爸爸，爸爸。张建奎心里一软，扑上去握住儿子的手，说：老虎，爸爸在这儿呢。老虎说，爸爸，你是不是不开心？张建奎愣了一下说，没有，儿子，爸爸没有不开心。这么说着，眼泪就流了下来。张建奎有点奇怪，自己今天怎么这么脆弱，说掉眼泪就掉眼泪。就是心疼儿子吧，他心里想，可自己又不太相信这个理由。

　　手术后，老虎睡着了。张建奎和妻子走出病房，去医院旁边的快餐店去吃东西。坐在包子铺里，妻子说：你是不是上个月没还信用卡贷款？张建奎说，不会啊，我设置的是自动还款。妻子说，那怎么会被冻结？你刷大额消费了？张建奎想了一下，摇头，说也没有。吃了两个包子，他打电话给信用卡热线，热线说他已经两个月未足额还款了。张建奎心里纳闷，打开手机银行查看流水，看了半天才发现问题，自己的工资变少了。这个月比上个月少了一千多，上个月又比上上个月少了一千多。他把账单给妻子看了下。妻子咀嚼食物的嘴停下来，闭上了眼睛，深深地吸了口气，什么都没说。张建奎知道，这是她最为失望的时刻。他的工资不算多，勉强中等水准，现在一降下来，家里的生活就要受影响。关键是，他根本就不知道为什么会降。

　　我明天去问问财务，是不是发错了，还是薪酬制度调整，有些钱改到年终发了。他说。

妻子吸溜吸溜喝那碗金黄的玉米粥，终于见了底，说：等会儿给孩子买个粥带回去吧，牙没了，吃别的也不方便。

张建奎最后想到的办法是，以王达林的名义约见王达林。他再次打电话，直截了当地说，你是个骗子，你不是王达林，我爸是王达林，你是冒充的。对方愣了半天，说：你想怎么样？张建奎说，我打算报警。王达林说，哼，你报警也没用。张建奎说，我知道你住在哪里，天通苑北里。那边明显吃了一惊，说，你到底想怎么样？张建奎说，我不想怎么样，我不要你的钱，我只想问你点儿事。那你问，王达林说。见个面吧，我知道天通苑地铁站旁边有个上岛咖啡，明天上午十点。张建奎说，好。

第二天十点，张建奎准点到上岛咖啡，这时候人还不多，他转了一圈，没看到王达林。正在想这家伙会不会爽约逃跑了，不远处一个座位上有人跟他招手。那人说，你是不是昨天给我打电话的？张建奎说，你是……王达林。那人点点头。张建奎有点蒙，这个人跟印象中的王达林和那天吃饭的王达林，一点都不像。当然身材差不多，可面貌差异巨大。王达林是一个圆脸，甚至有点双下巴，这个人是瘦长脸。

张建奎坐他对面，说：你不是王达林吗？怎么又变了。

那人说，你想问什么，快问，我一会儿还有事。

张建奎说，你是怎么认识周小燕的？

那人说，你既然能找到我，肯定知道些什么。我也清楚，周小燕死了，警察肯定也在查。我和周小燕有生意往来。

张建奎说，是不是你杀的她？

那人说，我杀她干吗？我们之间那点事，犯不着杀人，再说了，我本来就是冒充的别人，哪还敢行凶啊。

张建奎又问，你怎么会冒充王达林？

这时服务生拿着酒水单过来，说：你们想好点什么了吗？

张建奎说，咖啡。王达林说，我要柠檬水。

服务员走了。

王达林说，我哪儿知道。这都是周小燕办的，身份证、王达林的那些事都是她告诉我的。那天晚上的饭局，我根本不想去，是她非要组织的。

就是说，张建奎稍微明白了点，是周小燕让你假扮王达林的？我明明记得，那天你的样子和现在不一样。

那人笑了，说：兄弟，你知道中国的两大妖术不？美图秀秀和化妆，我告诉你，现在贴个假脸，你想化成特朗普都行。好了，我回答你的问题了，你也回答我一个问题。

什么？张建奎说。

那人说，周小燕那天回家，路上买了一盒沙拉，对吧？

张建奎说，是，警察在监控上看到了，要不是这盒沙拉，周小燕可能还死不了。

那人说，可是那盒沙拉不见了，你知道在哪儿吗？

张建奎说，我怎么知道。

那人说，你如果知道，告诉我。我给你钱，很多钱。

张建奎说，一盒沙拉能值多少钱？别逗了。

那人沉默了一下，说：我不怕告诉你，估计你也了解了一点，我和周小燕做的是什么生意……

这时他们听到服务员喊，你们干什么的？还没等反应过来，脑袋就被摁在桌子上了。耳边有嘈杂的声音说：警察，别动。王达林瞬间骂出来，他妈的你还是报警了。张建奎说，我没有。脑袋被使劲拍了一下：闭嘴。


后来，是刘警官把他领出警察局的。

到马路上，刘警官递给他一根烟，说：不是告诉你别再插手这件事了吗？怎么不听呢，神经病啊。张建奎点着烟，猛吸了一口说，你也骗我，还说这个案子移交给市局了，其实一直是你们在查。刘警官笑了一下，说市局主抓，我们执行。

到底怎么回事？张建奎问。

你还挺有点当刑警的料，比我们还早找到胡松。刘警官说。

周小燕是他杀的，是吧？

不，周小燕的死是个意外，但导致周小燕死亡的因素，却牵扯到一件大案。刘警官说完，烟掐灭了，从兜里掏出一张名片，递给张建奎。

张建奎接过一看，是一个心理诊所的，就问：你不会真以为我是神经病吧？

刘警官拍拍他的肩膀，说：老张，我们早查过你了，查得比你自己知道的还仔细，相信我，这东西你用得着。

张建奎一扬手，想把那张名片扔了。刘警官挡住了他：拿着。


在刘警官的卷宗上，记着另外一些情节。

那天晚饭期间，周小燕去上洗手间，王达林也趁机出去。两人在走廊里起了争执。王达林让周小燕当场把东西交给他，周小燕却说，她把东西藏在一家健身房的储物箱里了，而钥匙放在他们经常接头的中转站。王达林很生气，说好的当场交货。周小燕说，这一次她要收百分之二十的手续费，她再也不想白给公司打工了。王达林说她不会有好结果。

饭局散了后，王达林跟踪周小燕。

他开着车，看见周小燕去了立水桥附近的一家711

店，拿了一盒蔬菜沙拉。他知道，这家店是他们中转货物的站点。他相信钥匙就在这盒沙拉里。本来，王达林想着找地方把沙拉抢走，但他跟踪了一会儿，却碰上了查酒驾的。他提前看见，拐进了另一条胡同。等他再绕到去天通苑的路时，周小燕已经不见踪影。

他追到周小燕的小区，发现她正被食物卡到喉咙挣扎。周小燕向王达林伸出了求救的手，但王达林躲在阴影里，没有出去。他知道，自己出去就会暴露在摄像头之内。等周小燕一动不动了，他才绕过去看。

王达林发现那盒沙拉被人拿走了。

警察根据王达林后来供出来的情况，顺藤摸瓜抓到了犯罪团伙的大部分成员，但是这一次的赃物——一尊玉佛，和提供给周小燕玉佛的下线，却始终下落不明。这个人是谁，刘警官又折腾了好久，一直没有调查出来。因为把走私团伙端了窝，刘警官他们立了个集体二等功，很快又被各种其他案件缠身，这个案子只能暂时结案。


这些事，张建奎永远也不可能知道，他得处理自己的事。

他最终还是走进了那家心理诊所。

其实他知道自己有抑郁症倾向，还从网上下载了调查问卷自测，指数不低，但从来不愿意承认。那天从警局回去，他到医院看老虎。老虎已经恢复了状态，跟妈妈吵着要看动画片。张建奎拉开阳台的窗帘，又打开窗子。病房是在14楼，他看向窗外的一瞬间，有跳出去的冲动。

老虎在身后大声喊：爸爸，我能看《海底小纵队》吗？

张建奎回过头来，深吸一口气说：看吧，你想看就看吧。

老虎一声欢呼：爸爸万岁。

一天后，老虎刀口拆线，出院回家。把娘俩送进家门，张建奎说自己单位还有点事，开车走了。

给他看病的医生年轻得有点意外，看起来比他还小几岁。他先填写了一个调查问卷，然后在她的不断问询下，很多潜伏很深的记忆开始复苏，那些带着屈辱感的经历，被重新经历了一次。他清楚地记得一件事，他们那所高中，一入学就有军训。军训时走正步，而他永远是同手同脚，教官让他在全年级的人面前走，他走得像一个小丑。所有人都在哈哈大笑，但是他并没有哭，他在半夜里使劲用左手打右手、右手打左手……

后来的两个月，他一次又一次把眼泪交给了年轻的心理医生，然后有些恍惚地走出诊所。最后一次就诊结束，坐地铁回去的路上，张建奎打开微信，开始退出那些约饭群。退到最后，只保留了那个前同事群。自从熊芬芬探险结婚后，这里已经很久很久没人说话了，只有熊芬芬发过一张她在热气球上的照片。

热气球飘浮在南美洲湛蓝的天空上，熊芬芬振臂高呼。

她喊的是什么呢？这是张建奎一直想问的问题，但他一个字也没有问出。

图书在版编目 (CIP) 数据

人生最焦虑的就是吃些什么 / 刘汀著. — 北京：
北京十月文艺出版社，2019.1
ISBN 978-7-5302-1890-7

Ⅰ.①人… Ⅱ.①刘… Ⅲ.①短篇小说—小说集—中
国—当代 Ⅳ.① I247.7

中国版本图书馆 CIP 数据核字 (2018) 第 250352 号

人生最焦虑的就是吃些什么
RENSHENG ZUI JIAOLÜ DE JIUSHI CHI XIE SHENME
刘　汀　著

出　　版　北京出版集团公司
　　　　　北京十月文艺出版社
地　　址　北京北三环中路 6 号
邮　　编　100120
网　　址　www.bph.com.cn
发　　行　新经典发行有限公司
　　　　　电话（010）68423599
经　　销　新华书店
印　　刷　北京盛通印刷股份有限公司
版　　次　2019 年 1 月第 1 版
　　　　　2019 年 1 月第 1 次印刷
开　　本　787 毫米 × 1092 毫米 1/32
印　　张　10.5
字　　数　153 千字
书　　号　ISBN 978-7-5302-1890-7
定　　价　39.80 元
质量监督电话　010-58572393
如有印装质量问题，由本社负责调换。